KB043432

삐딱하거나 멋지거나 두 번째 이야기

통합교육반 친구들의 뉴욕 대소동

삐딱하거나 멋지거나

두 번째 이야기

통합교육반 친구들의 뉴욕 대소동

한울림스페셜

사이드가 보내는 편지

To. 독자들에게

너희들 중에 혹시 《삐딱하거나 멋지거나》 첫 번째 이야기를 읽지 않은 사람이 있어? 그럼 이 이야기를 먼저 해야 하는데 말이야. 나중에라도 그 책을 읽게 될지도 모르는데 내가 스포일러를 해도 괜찮을까?

좋아, 중요한 것만 간추려 말할게.

블라드와 처음 만났을 때 난 몸이 뒤틀린 블라드를 보고 '장애인 친구'라고 불렀어. 그리고 블라드가 그만의 방식으로 나에게 예의가 뭔지 가르쳐 주었지. 우린 금세 친구가 됐어. 문제는 요즘 점점 형제 같아지고 있다는 거야. 남자 형제는 최악이거든.

지난해는 정말 대단한 한 해였어. 블라드는 루에게 첫눈에 반했어. 아주 홀딱 빠졌지. 블라드는 마음이 쉽게 변하지 않는 녀석이라서 계속해서 루에 대한 사랑을 키워 나갔어.

그러던 중에 이런 문구가 적힌 전단지를 보게 되었지.

"작은 영화 대제전에 참여하세요! 휴대폰으로 영화를 만들어 보세요. 두 사람이 뉴욕에 갈 수 있는 기회를 잡으세요!"

그게 시작이었어. 우린 영화를 만들 궁리를 했고 영화 촬영을 시작했지. 여기서 우리가 누구누구인지 소개할게.

통합교육반에 들어오자마자 모든 사람들의 시선을 끈 블라드.

우울한 얼굴로 휠체어를 타는 여학생 마틸드.

우리 모두의 사랑을 받으며 나중에는 우리의 마스코트가 된 세 염색체증 딜랑.

통합교육반은 아니지만 둘이서 만든 비밀 언어로 대화를 나누는 쌍둥이 자매 샬리와 테아.

그리고 학교 최고의 문제아이며 격투기 선수인 나, 사이드.

아! 그리고 블라드의 사랑인 루도 우리 무리들 중 한 사람이야.

근데 루는 영화 만들기 프로젝트 중간에 빠졌었어. 루는 금발 머리에 키가 큰 모르강이라는 녀석과 사귀고 있었는데, 그것 때문에 해결해야 할 문제가 있었거든.

그리고 통합교육반의 믿음직스러운 도우미 선생님인 이렌느 선생님, 플라샤르 교감 선생님도 있지. 교감 선생님을 이해하려면 선생님에 대해 알 필요가 있어. 좀 특이한 사람이거든.

우리 영화가 어땠냐고? 대부분의 좋은 영화가 그렇듯 배꼽 잡는 웃음과 눈물이 섞여 있어. 환상적인 키스 장면과 아름다운 엔딩 장면도 당연히 있고.

아슬아슬하게 영화제에 출품했는데, 우리 영화가 거짓말처럼 상을 받았어.

우리가 뉴욕에 가게 된 거야!

그럼 지금부터 통합교육반 친구들의 특별한 뉴욕 여행기를 시작해 볼게.

From. 사이드

P.S: 아참, 뉴욕 여행 전에 내 영어 실력을 늘려야 하는 건 아주 사소한 문제야. 알지?

차례

굿바이 뉴욕, 그리고 우리들은

새로운 이야기의 시작

블라드

반짝이는 후속편

첫걸음마

한 걸음 떼고는 바로 넘어져 바닥에 코를 박기는 했지만

처음으로 친구 집에서 한 파자마 파티

밤이 되자 엄마가 데리러 왔으면 하고 바라기는 했지만

처음으로 빠진 이

입에서 피가 나 엄청 싫었지만

처음 학교에 간 날

바칼로레아까지 약 2,160일이나 남아 있었지만

첫 키스, 구내식당에서 처음 먹은 베샤멜소스를 얹은 양배추,

처음 당한 배신, 첫 번째 시험, 처음 마신 맥주

맛이 좀 쓰기는 했지만

부모님 없이 처음으로 혼자 간 콘서트, 첫 승리, 처음으로

느낀 자유, 처음으로 한 '사랑해'라는 말, 처음으로 들어 본

'사랑해'라는 말

너무 달콤해서 약간 닭살이 돋기는 했지만

나는 처음을 좋아한다.

그런 점에서 지난해는 최고의 한 해였다. 영화에 미쳐서 시간을 보냈고, 우리가 만든 영화가 영화제에서 상을 탔고, 그간 일어났던 많은 일들 덕분에 루와 사귀게 되었다.

올여름 나는 아베롱에서 아버지와 함께 시간을 보냈다. 그곳에서 아버지의 새로운 여자친구도 만났다. 그리고 사이드와 사이드의 큰형과 함께 일주일 동안 아르장통-쉬르-크뢰즈로 캠핑을 다녀오기도 했다. 그리고 루랑 팔짱을 끼고 길거리와 공원 여기저기를 돌아다녔다. 정확하게 표현하자면 내가 루의 팔짱을 끼고 걸었다고 해야 한다.

우리는 쏟아지는 빗속에서, 달빛 아래서, 집 앞 계단에서 키스를 했다. 이 모든 것이 처음이었다. 엄마와 할아버지가 나를 크레타에 데리고 간 2주 동안 우리는 만나지 못했다. 크레타가 어찌나 더운지 모니크 중 하나가 뜨거운 햇빛에 완전히 녹아 버렸다. 정말이다.

그리고 어제 우리는 다시 만났다. 가슴이 떨리고, 입술은 바짝 말랐다. 두 손이 만나 깍지를 끼었다. 루가 말했다.

"얼마나 보고 싶었는지 몰라."

"난 항상 네 곁에 있었어. 네가 나를 보지 못하는 순간에도 거기 있었어."

나의 말에 루가 말했다.

"시인이 따로 없네."

웃으면서도 어쩐지 가슴 한쪽이 뜨끔했다. 루의 말이 내게 이런 느낌을 준 것은 처음이었다. 마치 목구멍 안에 작은 폭탄이 터진 것 같았다. 실오라기만한 실망, 슬픔, 수치심 같은 여러 가지 감정이 한데 뒤엉켜 밀려왔다가 루의 미소에 모조리 쓸려갔다. 그러고 보니 우리가 이렇게 잘 지낸 것도 처음이었다.

그러니 블라드, 제발 블라드스러운 짓은 그만 둬. 세상이 얼마나 아름다운데. 방금 삶의 새로운 장이 펼쳐지기 시작했어. 끝내주는 후속편 영화가 시작된 거라고.

장소는 고등학교.

단짝 친구 사이드와 뉴욕으로 여행을 가는 이야기.

사람들의 웃음소리가 배경음악으로 깔리고, 루를 사랑하는 내 마음이 아름다운 빛이 되는 그런 이야기가 시작되었다.

플라샤르

엄청난 재앙의 서막

아침 면도를 하던 중에 갑자기 뭔가가 떠올랐다. 잡힐 듯 말 듯 어렴풋하게 떠올랐던 생각이 점점 크기를 키우더니, 이내 완전히 머릿속을 지배해 버렸다. 엄청난 재앙이 일어날 것 같은 불길한 예감이 들었다.

옷을 입으면서, 라디오를 들으면서 머릿속으로 '그것'을 계산하고 또 했다. 카망베르 치즈를 바른 빵 조각을 홍차에 적시면서도 계속 계산을 했다. 아무래도 뭔가를 빠뜨린 게 확실했다.

학교를 떠난 가르델 교장을 대신해서 새 학기부터 임시 교장직을 맡은 터라 교장실로 출근을 했다. 도착하자마자 외투를 옷걸이에 던지듯 걸고 산더미처럼 쌓여 있는 새 학기 서류들도 밀쳐 버렸다. 그러고서는 계산기를 미친 듯이 두드렸다. 정신없이 손가락을 움직이다가 자리에서 벌떡 일어났다.

그때 교장실로 들어온 행정실 직원이 인사를 건넸다.

"교장 선생님? 벌써 출근하셨네요. 신학기 준비 기간이라 일찍 출근하셨나 봐요? 정말이지 할 일이 산더미에요."

인사에 대꾸도 못하고 멍하니 있자 의아해하는 목소리가 들렸다.

"선생님?"

"아, 파롱 선생님. 왔군요… 그래요… 내가 좀 일찍 왔어요. 확인할 게 좀 있어서….."

"귀신이라도 보셨어요? 왜 이렇게 혼이 나간 표정이세요?"

파롱 선생이 웃으며 말했지만 따라 웃는 것은커녕 아무런 말도 할 수가 없었다. 대답이 없자 머쓱한 표정으로 파롱 선생이 행정실로 들어갔다. 쌓인 업무를 처리하느라 바쁜지 빠른 속도로 자판을 두드리는 소리가 들렸다.

계산기에 떠 있는 숫자를 다시 보자 숨이 거칠어졌다. 이 문제를 해결하기 위해 뭐라도 해야 했다. 그것도 지금 당장! 안절부절못하고 자리에서 빙빙 돌다가 자판 소리에 이끌려 행정실로 갔다.

"큰일 났소. 비행기 티켓값을 계산했어야 했는데… 전부 망했어! 6,035유로를 날려 버렸어요."

갑작스럽게 찾아와 쏟아내는 한탄에 파롱 선생의 눈이 커졌다.

"무슨 말인지 잘 모르겠어요. 제가 이해할 수 있게 앞뒤 사정을 말해 주시면 좋겠어요.

"아, 미안해요. 나는… 모두를 데려가고 싶어요."

"누구를요? 어디로요?"

"아이들 모두를! 뉴욕에! 블라디미르와 사이드가 영화제에서 상을 타서 뉴욕에 가게 된 건 알고 있지요?"

"그럼요. 기억하죠. 어떻게 잊어버리겠어요? 그리고 선생님께서 영화에 참여했던 아이들을 모두 데리고 가기 위해 지원금까지 받으셨잖아요."

파롱 선생이 어리둥절해하며 물었다.

"돈이 부족한가요? 그래서 그러시나요?"

"맞아요. 항공료가 부족해요. 비행기 티켓 때문에 전부 망했어요."

"하기야 소형차를 타고 뉴욕까지 가기는 어렵겠지요."

파롱 선생이 농담을 했지만 전혀 웃기지 않았다.

"파롱 선생님, 혹시 오전 중에 누가 날 찾으면 없다고 해요. 이 문제에 대해 해결책을 생각해 봐야겠어요. 회의에 참석하느라 바쁘다고 말해 줘요."

"하지만 내일이 개학이에요, 선생님. 학부모들과 면담도 약속되어 있고, 시간표도 점검해야 하고⋯ 교장 선생님께서 할 일이 정말 많은 걸요?"

"선생님이라면 나를 대신해 방금 말한 일들을 능숙하게 처리할 수 있을 거요. 어떻게 하는지 알잖아요? 어쩌면 나보다 더 잘 알 거요. 파롱 선생님을 믿어요. 이 학교의 운명이 당신 손에 달려 있소!"

파롱 선생은 어안이 벙벙한 표정으로 입을 딱 벌리고 서 있었다. 자기가 생각해도 청춘 드라마에나 나올 법한 마지막 말은 좀 오글거렸다. 어쨌든 몇 가지 일을 파롱 선생이 대신할 동안

교장실에 틀어박혀 있을 수 있게 되었다. 적어도 며칠은 시간을
번 것이다.

교장실로 돌아와 커다란 가죽 의자에 몸을 파묻고 앉아서
의자를 빙글빙글 돌렸다. 어떻게 해서든 아이들을 뉴욕에 데려
갈 방법을 찾아야 하는데 좋은 생각이 떠오르지 않았다.

모두 함께 뉴욕에 간다는 멋진 소식을 아이들에게 알리는
자신의 모습을 상상했다. 딜랑의 미소, 좋으면서도 애써 감추는
마틸드의 새침한 표정, 기뻐서 소리를 지르는 아이들. 헹가래를
치고 환호성을 지르며 기쁨에 겨워 자신의 품으로 달려들겠지.
모두가 기뻐서 어쩔 줄 모를 것이다.

상상이 커져 망상이 되기 전에 의자를 돌리는 것을 멈추고
냉정을 되찾았다. 그리고 오늘 아침에서야 뒤늦게 알게 된 한
가지 문제에 집중했다. 뉴욕 여행에 모두를 데려가기 위해 부족
한 돈을 메우는 방법을.

자신에게 한 번씩 대책 없이 일을 저지르는 기질이 있다는
것을 인정한다. 하지만 때때로 막무가내로 덤벼들 필요가 있다.
이제 더 이상 중학생이 아닌 아이들, 특히 장애를 가진 아이들
을 데리고 뉴욕으로 여행을 가는 경우에는 더욱 그렇다.

어른이 되는 법

어렸을 때는 빨리 어른이 되고 싶었다. 도대체 언제 어른이 되는 건지 늘 궁금했었다. 부모님은 "언젠가 네가 어른이 되는 날이 올 거야."라고 말을 했지만, 나는 늘 조바심이 났다.

아이에서 갑자기 어른이 되는 거라고 생각했다. 어느 날 아침 눈을 떴을 때 '뿅' 하고 어른이 되어 있는 거다. 더 많은 사람들과 만나고, 더 많이 듣고, 더 많이 따라 하고, 더 많은 의문이 생기면서 어느 순간 어른이 되는 게 아닐까 생각했다.

그게 아니라면 어떤 기준선을 넘으면 어른이 되는 거라고 생각했다. 철이 좀 들어서 더 이상 생떼를 부리지 않게 되는 일곱 살쯤? 아니면 그보다 좀 더 지나서 중학교에 갈 때쯤? 그것도 아니면 생리를 하면 어른이지 않을까 하는 꿈에 부풀었다. 생리를 한다는 것은 여자가 되었다는 의미라고 엄마가 말해 주었기 때문이다. 여자애가 아닌 여자가 되는 것이다. 어른이 된다는 건 정말 근사한 일일 서라고 생각했다.

일곱 번째 생일에서 겨우 한 달이 지났을 때 나는 내 인생에서 가장 심한 투정을 부렸다. 인형 때문이었다. 사실 예쁘지도 않은 형편없는 인형이었다. 그런데 이상하게도 그 인형이 정말 갖고 싶었다. 그러나 불행히도 생일은 이미 지난 후였고, 생일 선물로 이미 인형 대신 다른 것을 달라고 조른 최악의 실수를 저지른 참이었다. 부모님은 내게 인형을 사 주지 않겠다고했다. 하지만 그건 어린 나에게 끔찍한 일이었다. 절망에 빠진나는 소리를 지르기 시작했다. 내가 엄마 아빠에게 소리를 지를때 내 머릿속에서는 화를 내는 나를 나무라는 작은 목소리가 들려왔다. 작은 목소리는 여덟 살 하고도 한 달이나 된 내가 아이처럼 구는 걸 창피하게 여겨야 한다고 되풀이해서 말했다. 그소리는 내 안에서 계속 흘러나왔다.

그날 밤 눈물을 닦고는 쉰 목소리로 몸을 떨면서 부모님 앞에서 그랬던 것처럼 앞으로는 어른처럼 굴겠다고 스스로에게 다짐했다. 그리고 당연한 일이겠지만 이런 다짐은 아무런 소용이 없었다.

중학교 1학년 때 나는 3학년들이 좋게 생각하면 무심하게, 나쁘게 생각하면 경멸하는 눈으로 바라보는 조무래기였다. 갑자기 초경이 시작되었을 때, 나는 내가 아주 작고 쓸모없고 그 어느 때보다 어린애가 된 것 같은 느낌이 들었다. 배가 아픈 게 월경통 때문인 줄도 모르고 수업 시간에 교실에서 뛰쳐나와 울면서 양호실에 갔을 때는 더 그런 기분이 들었다. 그 뒤로 학년이 올라가고, 좋은 성적표를 받고, 학급 평가회의에서 최고 잘함(프랑스 학교에서는 전 과목 평균 점수에 따라 종합 평점이 최고 잘함, 아주 잘함, 잘함, 격려, 경고 5단계로 나뉜다.─옮긴이)을 받고, '또래에 비해 어른스럽다'는 칭찬을 자주 들어도 내가 어른이 되었다는 느낌이 전혀 들지 않았다.

어쨌든 내 키는 160센티미터에서 딱 멈춰 있다. 더 커질지 안 커질지는 전혀 모르겠다. 여름 캠프에서 만난 제레미 일당은 키를 가지고 나를 실컷 놀렸다.

"루, 지금 서 있는 거였어? 어이쿠, 난 앉아 있는 줄 알았네."

형편없는 녀석들이 깔깔거리며 웃어댔다. 다들 180센티미터가 훌쩍 넘는다. 로망은 12센티미터나 더 크다. 그 애들은 비쩍 마른 상체를 드러내고 긴 다리를 휘적거리며 다녔다. 그들은 나를 마스코트, 미니어처 취급했다. 물론 그 애들이 나한테 작업을 거느라 그랬다는 걸 잘 알고 있다.

난 꼬맹이에다가 확실히 어린애 같은 데가 있긴 하지만 그래도 그렇게 순진하진 않다. 나에게 말을 걸고, 계속해서 놀리고, 지나가듯 안마를 해 주겠다고 하고서는 몹시 아프게 어깨를 주무르는 행동 하나하나에서 속이 빤히 들여다보였다.

모두 다 나를 놀리는 데만 정신이 팔려 있는 건 아니었다. 제레미는 친구들이 자신을 보고 있지 않을 때면 꾸며낸 표정을 지우고 내게 상냥한 미소를 지어 보였다. 그럴 때마다 제레미의 심정은 뭔가 복잡해 보였다. 그리고 제레미가 안마를 해 줄 때면 아주 섬세하게 내 어깨를 주물렀다. 아주 시원했다고 솔직하게 말해야겠다. 그런데 이상하게도 제레미의 안마를 받고 난 후에는 하루 종일 피부가 말랑해진 느낌이 들었다.

물론 제레미와 어떤 사이로 발전한다는 것은 상상도 할 수 없는 일이다. 내가 다 자란 건지 아직 덜 자란 건지 잘 모르겠다. 하지만 '어른'이라는 허들을 떠나서 나를 붙잡고 놓아주지 않는 뭔가가 있었다. 무엇인가가 아니라 누군가.

"그 잘생겼다는 남자애?"

캠프장 교관님이 나를 놀렸다.

"엄청 똑똑하다던? 뭐랄까, 예술가? 아니면 모험가 같던데… 아무튼 넌 정말 특별한 누군가를 만나고 있는 것 같아."

잘생기고 똑똑한 데다가 예술가이자 모험가. 교관님 말이 맞다. 나의 남자친구인 블라드는 그 모든 것을 합친 사람이다. 그리고 이 모든 것을 합친 것보다 훨씬 더 많은 걸 가졌다.

"그 지구인이 아닌 것 같은 남자애 사진이 있어? 어디 좀 보여 줘 봐."

나는 사진이 없다고 했다. 교관님이 블라드를 이해할 수 있을지 확신이 서지 않았기 때문이다. 제레미와 로망을 포함한 다른 아이들은 더욱 그랬다. 그들은 절대 블라드를 이해할 수 없을 것이다. 블라드의 사진을 본 그 애들이 나에게 말을 걸지 않을까 봐 걱정이 되기까지 했다. 남자애들, 심지어 어른 남자들도 어린애처럼 행동하는 일이 종종 있다. 그리고 사람들은 대개 장애 앞에서 어떻게 반응해야 하는지 잘 모른다. 그래서 화려한 색깔의 모니크를 들고 있는 블라드, 사이드의 스쿠터에 앉아 있는 블라드, 영화관에 있는 블라드, 공원의 그네 위에서 허세를 부리고 있는 블라드의 사진들을 아무에게도 보여 주지 않고 내 휴대폰에만 고이 간직했다. 그리고 밤마다 블라드와 통화를 했다.

"안녕, 루."

"안녕, 블라드."

우리는 낮에 무슨 일이 있었는지 이야기를 나눴다. 블라드는 내게 세 야만인들의 소식을 물었다. 블라드는 제레미와 앙통, 로망을 그렇게 불렀다. 물론 블라드가 그 세 명을 만나 본 적은 없다. 질투는 아름다운 감정은 아니지만, 다른 사람을 경계하며 보이는 질투는 나를 조금 우쭐하게 만든다. 나 역시 블라드 주변의 여자애들 때문에 불안할 때가 있다. 서로에게 질투 섞인 말이 오갈 때마다 다 자란 어른처럼 느껴지고는 한다.

그러니까 이번 여름, 내가 한 뼘 더 자란 게 분명하다. 고등학교에 막 들어가 새로운 세상을 접했을 때도 그랬다. 세 배나

커진 학교 건물, 성을 붙여 부르는 선생님들, 자유롭게 외출할 수 있는 점심시간, 독립적인 수업시간까지. 이 모든 게 정말 좋았다.

하지만 부모님은 내가 좀 심하게 멋대로 군다고 생각했던 것 같다. 무엇보다 부모님은 내가 3주 동안 11번이나 수업시간에 지각했다는 점을 나무랐다. 내가 그런 행동을 했다는 것에 크게 놀랐다. 나답지 않다고 생각했고, 큰 충격을 받았다고 했다.

나는 블라드 핑계를 댔다. 아직은 고등학교가 낯설어서 복도에서 길을 잃고 헤매는 일이 많고, 블라드가 계단을 올라가는 것을 도와주느라 수업에 늦었다고 말했다. 부모님은 내 남자 친구를 아주 좋아했기 때문에 더는 뭐라고 하지 않았다. 그러나 사실 블라드는 수업을 들으러 반을 이동할 필요가 없었다. 학교에서 블라드 반의 시간표를 조정해 주었기 때문이다. 그래서 나는 블라드를 점심시간에만 구내식당에서 만난다. 그 정도면 충분하다고 생각한다. 뭐, 우리가 결혼한 사이는 아니니까.

나는 학교 건물을 벗어나 밖에서 공부하는 걸 좋아하지만 블라드는 그렇지 않다. 학교 밖에 있는 카페는 사람들로 항상 복잡하고 오가는 데도 많은 노력이 필요하기 때문이다. 어쩌다 카페에 와도 "겨우 왔는데 다시 돌아가야 할 시간이라니까!" 하고 투덜댄다.

그래서 나는 반 친구들과 학교 밖에서 많은 시간을 보낸다. 내가 어른에 가까워지고 있는지 잘 모르겠지만, 확실히 중학교 때보다 더 많은 자유를 누리고는 있다. 그리고 그게 정말 좋다.

올해 들어 중학교 때부터 계속해 왔던 반장 일을 더 이상 맡지 않았다. 별다른 이유가 있는 건 아니었다. 그냥 반장 선거에 나가지 않았다. 나는 책임지고 반 친구들을 돌보면서 선생님들의 말씀을 상세하게 기록하는 것이 아주 어른스러운 일이라고 오랫동안 생각해 왔다. 그런데 올해에는 작은 목소리가 내게 '집어치워, 좀 쉬라고.'라고 속삭였다. 그 목소리가 어제보다 자란 나인지 아니면 내 안에 정신이 나간 또 다른 나인지 모른다는 게 마음에 걸리긴 하다.

어쨌든 내가 하고 싶은 말은, 올해 처음으로 삐딱한 리듬을 타기 시작했다는 거다. 내 안에 공부는 안 하고 놀기만 하는 내가 있다. 고등학교 성적은 기껏해야 14점에서 12점(20점이 만점 −옮긴이) 정도다. 내 안에 있는 다 큰 여자가 불량 학생일지도 모를 일이다.

햇빛이 내 이마를 어루만졌다. 3시 5분이다. 방금 종이 울렸다. 스페인어 수업을 들으러 갈 시간이다. 그런데 나는 여태 벤치에 누워 늑장을 부리고 있다. 여름 캠프에서 만난 제레미를 떠올리면서, 정확히는 4미터 절벽 위에서 위험에 몸을 내맡기고 있는 그의 근육을 떠올리면서….

그때 휴대폰의 벨소리가 울렸다. 모르는 번호로 온 문자 메시지였다. 게으르게 휴대폰 화면을 눌렀다.

문자를 읽자마자 화들짝 놀라 벌떡 일어났다.

잘 지내니, 루.

전 교감 선생님이다.

너의 능력이 절실하게 필요해. 뉴욕 여행을 위한 자금을 마

련해야 하거든. 내가 비행기 티켓 비용을 깜박하고 예산에

넣지 않았어. 문자를 보거든 바로 전화해라.

선생님이 '너의 능력' 어쩌고 하는 말을 하다니!

가방을 챙겨 스페인어 수업에 들어가기 위해 뛰었다. 진지한 루, 용의주도한 루, 열정적인 루, 간단히 말해서 모두가 사랑하는 루로 돌아가는 중이다.

교감 선생님, 아니 이제는 교장 선생님이지. 아무튼 선생님은 제정신이 아닌 게 분명하다. 농담이 아니다. 난 지금 엄청 진지하게 말하고 있다.

지난해 중학교에 다닐 때만 해도 나는 선생님이 소심하지만 공정하고, 엄격하지만 자상하다고 생각했다. 한마디로 어른이라고 생각했다.

그런데 한 시간 전에 깨달은 게 있다. 처신이 바르고 분별 있게 행동하는 게 어른이라면, 교장 선생님은 절대 어른이 아니란 걸.

"자, 보렴. 루, 이제 내가 무슨 말을 하는지 알겠지? 이대로 포기할 수 없어. 친구들을 버릴 수는 없잖니? 힘을 내자."

교장 선생님은 처음에는 흥분하더니 점점 지나치게 열을 내다가 마지막에는 완전히 낙심한 상태가 되었다. 이 모든 감정의 변화가 단 5분 안에 일어났다.

"포기하자. 그 돈을 절대로 모을 수 없을 거야. 바보 같은 생각이었어. 내가 어리석었지. 너희들 모두 나를 미워하게 되겠지. 너희들이 옳아…."

이렇게 말하면서 선생님은 눈물까지 글썽거렸다. 어처구니가 없다가도 그런 모습 때문에 안타까운 마음이 들었다.

"내가 돈을 내겠어. 내 잘못이니까 내가 해결할 문제야. 내가 책임지겠어."

교장 선생님이 비장하게 말했다.

"따로 저축해 둔 돈이 있으세요? 아니면 어디서 6,000유로가 생길 일이 있어요?"

내가 조용히 묻자 잠시 머뭇대더니 자유롭게 쓸 만한 여윳돈은 없다고 털어놓았다. 게다가 선생님은 돈을 마련할 방법이 전혀 없어서 나를 부른 것이었다. 교장 선생님은 주변의 어른들보다 나를 더 믿는 게 확실하다.

"비행깃값을 예산에 책정해야 한다는 생각을 미리 했더라면…."

선생님이 또다시 울먹거렸다. 수업이 끝나자마자 당장 이곳으로 달려온 이후로 저 말을 계속해서 되풀이하고 있었다.

작년에 블라드와 사이드는 단편 영화를 하나 만들었다. 나중에 알게 된 거지만 이 영화는 나를 향한 블라드의 절절한 사랑 고백이었다. 부끄러우니까 영화 이야기는 이쯤에서 넘어가기로 하자. 아무튼 두 사람은 이 영화를 영화제에 출품했고,

상을 탔다. 부상으로 뉴욕 여행 티켓과 국제 영화제에 참석할 기회도 얻었다.

여기까지는 모든 일이 제대로 되었다. 그런데 전 교감 선생님이 이 일에 끼어들었다. 선생님은 영화 제작에 참여한 모든 사람들이 혜택을 받을 수 있게 지원금을 신청했다. 마틸드, 쌍둥이 자매인 샬리와 테아, 딜랑과 나, 거기에 이렌느 선생님까지. 내 생각에는 교장 선생님 본인도 함께 가기로 되어 있는 것 같다. 블라드와 사이드, 두 사람과 함께 다 같이 뉴욕에 갈 수 있는 가능성이 열린 것이다. 생각만 해도 가슴이 두근대는 일이 아닌가? 그리고 더 신나는 일은 지원금 요청이 받아들여졌다는 것이다. 하지만….

"6,000유로… 그게 얼마나 큰돈인지 짐작이 가니, 루?"

6,000유로는 일곱 명이 뉴욕까지 비행기로 왔다 갔다 하고 6일 동안 숙박을 하기에 충분한 비용이다. 비상금과 일정이 더 길어질 경우에 추가 비용까지 포함해서 말이다. 그런데 지금은 아니다. 비행기 티켓 비용과 숙박비가 아직 책정되지 않았고, 영화제가 방학 중이어서 비행기 티켓 가격이 더 비싸지는 것을 고려했을 때 더 이상 충분한 비용이 아니다.

그런데 왜 교장 선생님은 내가 부족한 비용을 마련하는 데 도움이 될 거라 생각하는지 모르겠다.

"가만 보면 너희는 어려운 일이 닥쳐도 잘 헤쳐 나가더구나. 블라드가 영화를 만들 때도 모든 걸 네가 기획했다지? 게다가 너희들은 컴퓨터를 잘 다루고 인터넷과도 친하지!"

교장 선생님은 '인터넷'을 마우스를 클릭하면 돈이 나오는 마법의 나라 정도로 생각하는 것이 분명하다.

"너는 비트코인을 잘 알 거야, 그렇지? 프로파우딩인가 하는 것도 잘 알 거고."

나는 무슨 말인지 어안이 벙벙한 채로 선생님을 한참 쳐다보다가 선생님이 말하는 게 크라우드펀딩이라는 걸 깨달았다. 내가 얼마나 황당해하는지는 아랑곳하지 않고, 선생님 혼자서 결론을 내렸다.

"너희들이 학교에서 크루아상을 팔면 어떨까 생각해 봤다. 일주일에 한 번이나 두 번 정도 말이다."

크루아상을 팔아서 6,000유로를 벌어야 하다니!

말도 안 되는 계획이다. 하지만 나는 그러겠다고 대답했다. 사실 영화를 만든 모든 친구들과 함께 뉴욕에 가고 싶다는 것 말고는 내가 왜 그래야 하는지 이유를 잘 모르겠다. 그런데도 나는 선생님한테 돕겠다고 말했다. 아마도 멜로드라마에 나올 법한 선생님의 말과 행동이 내 등을 떠밀었을 것이다. 내가 돕겠다고 했을 때 선생님의 눈에 눈물이 맺히는 것을 분명히 보았다. 선생님은 내가 무엇인가를 기획하고 조직할 만큼 충분히 컸다고 믿고 있는 것 같다.

휴, 모든 게 잘 될 거야.

재앙은 절망을 부르고

블라드

통합교육반을 미국으로

교장 선생님에게 크라우드펀딩이라는 단어를 제대로 알려 주는 일이 가장 어려웠다. 그건 정말로 만만치 않은 일이었다. '크로푼딘느그', '크록푸네딘', '트로푸딘' 등 별별 말이 다 나왔다. 교장 선생님은 끝내 제대로 말하는 데 실패했다. 선생님의 발음이 우스워서 자꾸만 웃음이 터졌다.

우리는 꼬인 실타래를 하나씩 풀어 나가기 시작했다. 먼저 루가 아버지의 도움을 받아 인터넷에 후원금을 모금한다는 글을 올렸다. 우리를 응원하는 사람들이나 푼돈이 아쉽지 않은 사람들이 5유로든 10유로든 내겠지 하는 막연한 생각에서 벌인 모금 활동이었다.

우리는 이 모금 활동을 알릴 슬로건을 정하기 위해 의견을 모았다. 처음에는 '바퀴를 타고 뉴욕으로'로 할까 생각했다. 하지만 이건 우리끼리 주고받는 우스갯소리에 가까웠다. 고심 끝에 테아가 '통합교육반을 미국으로'라는 표어를 생각해 냈다.

모금 활동 말고도 2주 동안 고등학교와 중학교에서 크루아상을 팔았다. 다행히도 모두들 그 일을 하는 걸 무척 즐거워했다. 빳빳한 종이에 반짝거리는 장식을 달고 눈에 띄는 문구를 적어서 홍보용 팻말을 만들었다. 그런 다음 동물 캐릭터 복장을 갖춰 입고 팻말을 들고서 복도를 돌아다녔다. 나는 솜씨가 좋은 샬리와 테아의 아버지가 마분지로 만든 커다란 초콜릿 빵 안에 들어가게 되었다. 머리와 다리만 빵 바깥으로 나온 채로.

정말 멋지다. 아니면 전혀 멋지지 않거나…. 마분지 상자를 뒤집어쓴 게 엉망진창이고 비틀거리는 내 본래 모습보다 세련된 모습일지 아닐지 잘 모르겠다. 상자 안에는 버팀대가 없었기 때문에 나는 조금만 움직여도 넘어질 지경이었다. 소중한 나의 지팡이, 모니크도 이럴 땐 제구실을 못했다.

나와는 반대로 루는 강렬했다. 루는 매력적인 사과파이로 변신했다. 우리를 신기하게 생각하는 사람은 없었지만 그래도 빵을 파는 데는 도움이 됐다. 아마도 불쌍해서 사 준 것 같았다. 지금은 수단과 방법을 가리지 않아야 할 때다.

화요일 아침, 우리 학교 앞에서 빵을 판매했다. 사이드가 와서는 과자 인간이 된 우리를 보고는 죽어라 웃었다.

"다 좋은 뜻으로 하는 일이니까 놀리지 마! 근데 수업시간 아니야?"

"쉬는 시간이야. 잠시 학교 뒷문으로 빠져나왔어. 이 장면을 놓치고 싶지 않았거든. 테아가 너희 사진을 보내줬어."

"우릴 보고 멋지다고 생각했지?"

루가 대답을 잘하라는 눈빛을 쏘며 물었다.

"그래, 아주 멋쪄! 그런데 내 생각엔 진열대 위로 눈에 번쩍 띌 광고판이 필요한 것 같은데?"

그러면서 사이드가 커다란 현수막을 펼쳐 보였다. '통합교육반을 미국으로'라는 슬로건이 스프레이로 적혀 있었다. 그리고 그 아래에 '커다란 사과로 가는 사과파이들'이라는 문장이 작은 글씨로 달려 있었다.

"이게 무슨 말이야? 도무지 무슨 뜻인지 모르겠네."

틈만 나면 사이드의 신경을 긁어 주고 싶어 하는 샬리가 물었다.

"아이고, 교양이 없어요, 교양이. 커다란 사과, 그러니까 빅애플은 뉴욕의 별칭이야. 이제 이해했지? 이해가 안 돼?"

"이페르굽, 엘레사르구테."

"으으, 통역 좀 해 줘. 테아, 샬리가 뭐라고 한 거야?"

"'엄청 시시한 말장난이군. 정말 구려.'라고 말한 거야."

그 순간에 내가 끼어들었다. 사이드를 깎아내리는 말을 듣는 게 싫었다. 더구나 테아 앞에서. 사이드는 테아에게 좋아한다고 고백한 뒤로 테아와 함께 있을 때 조금이라도 좋지 않은 소리를 들으면 어쩔 줄 몰라 했다.

"나는 이 현수막이 아주 좋은데. 우리 의상이랑 아주 잘 어울려. 우리 콘셉트와도 딱 맞아."

나의 말에 샬리는 마지막으로 한 마디를 쏘아붙이고는 쌩하니 교실로 가 버렸다.

"블라드, 커다란 빵 덩어리로 변한 지금 모습이 원래 네 모습과 판박인데? 그러니까 입 좀 닥치고 있어!"

"샬리, 내일은 너희 차례인 거 알지? 어떤 모습으로 나타날지 기대하고 있을게!"

진열대 앞으로 긴 줄이 생겼다. 대성공이다! 빵을 모조리 팔았다. 사실 빵 하나에 60상팀(100상팀이 1유로—역자 주)에 팔았다. 이보다 더 쌀 수 없는 가격이었다.

빵을 다 팔고 진열대를 정리하면서 다른 아이들이 모두 가 버린 때를 틈타 나는 루의 입술에 과일절임 맛 키스를 하려고 했다.

"그만둬. 학교에서는 안 돼. 너 미쳤구나! 사람들 보는 데서 이러는 거 싫어!"

"화 풀어, 루루."

"다른 애들이 우리를 '커플'이라고 부르는 거 너도 들었지?"

"그렇지만 그게 사실이잖아. 우린 커플이잖아. 너는 우리가 커플이 아니라고 생각하는 거야?"

루는 아무 대답도 하지 않고, 내가 빵 모양 옷을 벗는 것을 도와주었다. 그리고 내 손에 오늘의 모니크를 쥐여 주었다. 오늘의 모니크는 주황색 털이 달린 옷을 입고 있다. 내가 오랫동안 덮었던 담요 '네모'를 잘라서 엄마가 만든 것이다.

고집이 센 나는 자기 교실로 돌아가는 루의 뒤를 따라가며 계속 물었다.

"왜 대답을 안 해? 우린 커플이 아니야?"

나는 루가 어깨를 으쓱하는 것을 보았다. 루는 짜증이 난 게 분명했다. 뒷모습에서조차 짜증이 묻어났다.

샬리

깨져 버린 소망

"너 진짜 진저리나게 하는구나."

친구들이 우리를 쳐다봤다.

말문이 막혀 아무런 말도 할 수 없었다. 나의 자매는 매우 냉정한 태도를 보이고 있다. 이렇게 잔인한 말이 오가는 언쟁의 현장에서도 말이다.

우리는 틈만 나면 상대방에게 짜증을 부렸다. 보통은 그러다 금세 화해했다. 큰 문제가 생긴 적은 없다. 하지만 이번엔 다르다. 이 바보 같은 싸움은 얼마 전에 시작되었다.

난 테아와 함께 쓰는 노트를 만들고 싶었다. 우리 둘만의 노트에 고등학교 생활과 소소한 일을 적을 생각이었다. 내가 말로 하면 테아가 글로 쓰고, 아니면 그 반대도 상관없다. 내가 한 문장을 시작했으면 테아가 마무리하는 것도 좋다.

어떤 언어를 사용할지 오래 고민했다. 프랑스어로 쓰면 다른 사람들도 이해할 수 있다는 장점이 있고, 비밀 언어로 쓰면 테아와 나 말고는 아무도 이해하지 못한다는 장점이 있다. 비밀 언어는 우리를 고립시키기도 하지만 우리를 보호해 주기도 하니까.

우리가 사람들 사이에서 외따로 있다고 느꼈던 시기, 사람들이 우리를 없는 사람 취급한다고 느꼈던 시기에 테아와 난 아주 세세한 부분까지 생각해 비밀 언어를 만들어 냈다. 세상에서 단 두 사람만이 쓰는 비밀 언어는 아주 강력하고도 복잡하다. 비밀 언어를 쓰면 무슨 말인지 아무도 몰랐다. 실제 생활에서 다른 사람들과 소통하고 싶을 때는 프랑스어로 말하고, 남들 모르게 이야기하고 싶을 때는 비밀 언어로 말했다.

비밀 언어는 우리 둘을 이어준다. 테아와 나는 세상에 맞서고 있다. 우리만의 언어로 아무도 넘볼 수 없는 성벽을 쌓았다.

문장, 문법, 동사 변화까지 제대로 갖춘 단단한 성벽이다. 그런데 테아가 노트를 만들자는 제안을 거절했다. 게다가 비밀 언어로 길게 늘어놓은 말은 더 최악이었다.

"밀라고니트 에페메르토그리 프로스페발모트랑사고리플뤼! 펑랑, 에고센트라오 메르체크리티앙 폴리퀄바."

대강 말하자면, "한 사람이 아니라 둘이 묶여 '쌍둥이 세트'가 되는 게 이제 지겨워지기 시작했다."고 내게 퍼부어 댄 것이다. 테아는 우리 둘만의 세계에 갇혀 있는 것이 어린애 같은 행동이라고 했다. 대단하신 테아 양께서는 혼자서 독립적으로 훨훨 날아가는 꿈을 꾸고 있다. 하지만 어린애 같은 나는 둘만의 세계가 있다는 게 아무렇지도 않다!

블라드의 집으로 가는 길에 우리는 계속 말다툼을 했다. 아주 대차게 싸웠다. 심한 욕을 하고, 울다가 돌연 싸움을 멈추고 서로를 꼭 안았다. 우리는 10분 이상 불편한 기분으로 있기 힘든 쌍둥이 자매다. 블라드 집 앞에 도착했을 때 우리는 세상에 둘도 없는 자매로 돌아갔다.

올해부터 교장 선생님이 된 우리의 전 교감 선생님도 모임에 참석했다. 이따금 교장 선생님이 몇 살인지 궁금해진다. 대충 열두 살에서 쉰일곱 살로 보이긴 하다. 짐작하는 나이의 폭이 태평양처럼 넓은 데는 여러 가지 이유가 있다. 예를 들어 선생님은 요즘 1997년에나 유행했을 법한 스타일로 수염을 기르고 있다. 그리고 옷차림만 보면 50대를 훌쩍 넘어 보인다. 그런데 오늘 선생님은 솜사탕 기계를 가지고 블라드의 집에 들이닥쳤다. 엄청 길게 늘어나고 구름 모양이 되는 장밋빛 솜사탕이다. 이것 때문에 선생님이 마흔세 살 정도로 보였다. 그렇다고 솜사탕 기계가 선생님의 나이를 콕 집어 말하는 데 많은 도움이 되는 건 아니다. 이제 선생님은 쉰 살에서 마흔세 살 사이로 보였다.

운동을 끝낸 사이드가 도착했다. 저녁 내내 사이드가 테아 곁에 딱 붙어 있는 모습에 마음이 찡했다가도 한편으로 짜증이 났다. 테아가 행복하니 좋다는 마음이 들 때는 마음이 찡했다가 사이드보다 나랑 있을 때가 더 행복했으면 좋겠다는 마음이 들 때는 짜증이 났다.

그래서 나는 나의 쌍둥이 자매를 방 밖으로 불러내 말을 했다. 사이드가 네 옆에 너무 딱 달라붙어 있지 않았으면 좋겠다고. 그랬더니 테아가 비밀 언어로 내게 쏘아붙였다.

"크로프 알테리다드-음피르 사이드 클로펠가그 디리고-엘라보레텡 올로팔라푸멩 게토블라튀(말도 안 되는 소리 하지 마, 샬리! 진심으로 하는 말이야? 사이드는 내게 딱 달라붙어 있지 않았어! 고깝게 보지 말고, 나한테 할 말이 있으면 그냥 해)!"

뭐라고 말하고 싶었지만 테아가 너무 화가 나 있어서 아무 말도 할 수 없었다. 내가 징싱거리며 매달리는, 형편없는 사람이 된 기분이었다. 계속 뭔가 틀어지고 있는 느낌이 들었다. 이 일에 내 나름의 대꾸는 팔짱을 끼고 뿌루퉁한 표정을 짓는 것이었다. 이게 전부였다. 그래봤자 내 쌍둥이 자매는 아무렇지도 않았다.

테아는 내 얼굴에 자기 얼굴을 바짝 들이대고 계속 얘기했다. 이 문제에 대해서 아주 끝장을 보고 싶은 모양이었다.

"사이드랑 같이 있게 나 좀 내버려 둬. 너도 남자친구를 사귀어. 아니면 여자친구를 사귀든지. 너 혼자 하고 싶은 대로 하고, 난 숨 좀 쉬게 내버려 둬."

왈칵 눈물이 났다. 그런데도 테아는 기어코 아주 심한 말을 내뱉고야 말았다. "너 진짜 진저리나게 하는구나."라는 말을.

머리를 세게 얻어맞은 것 같았다. 이상한 분위기를 눈치챈 친구들이 우리를 쳐다봤다.

마틸드와 이렌느 선생님이 난처한 표정으로 우리 곁을 지나갔다. 하룻저녁 사이에 두 번이나 싸운 것은 기록할 만한 일이었다. 이건 위기라고 할 수 있었다. 정말 정말 엄청난 위기 상황이었다.

우리가 왜 싸웠을까 하고 돌이켜 보다가 뉴욕에 가고 싶다는 마음이 더 간절해졌다. 테아와 떨어져서 레모네이드 한 잔을 마시면서 내가 할 수 있는 일들을 생각해 봤다. 목이 멨다. 메마른 목구멍이 가문 든 땅처럼 쩍쩍 갈라지는 느낌이었다. 안정감을 주는 무언가에 의지해 위로를 받고 싶었다. 이를테면 딜랑이라든지.

하지만 딜랑은 오지 않았다. 딜랑의 부모님은 딜랑이 밤에 외출하는 것을 좋아하지 않는다. 더구나 딜랑은 아직 중학생이다. 지나치게 열정이 넘치는 블라드의 목소리를 들으면서 우울한 생각을 털어 냈다.

"좋아, 크라우드펀딩과 빵 판매가 어떻게 되었는지 우리의 현재 상황을 정확하게 짚고 넘어가기로 하자. 루, 지금 상황이 어떻지?"

"현재 상황은 그다지 좋지 않아. 한 달 동안 쉬는 시간에 건포도빵과 크루아상을 열심히 판매한 결과 고등학교에서 168유로, 중학교에서 43유로를 벌었어."

"그러니까 모두 합쳐서 211유로를 벌었다는 얘기로군."

교장 선생님이 덧붙여 말했다. 다른 아이들은 모두 힘이 넘치는지 농담을 주고받았다.

"대단해! 공항까지 가는 버스 티켓을 사면 딱 맞겠어."

"아니면 가는 길에 먹을 과자를 사든지."

"아, 블라드의 추가 수하물 요금을 내면 딱 맞겠다."

그 말에 블라드가 언뜻 미소를 지었지만, 사실은 기분이 상한 것 같았다. 블라드는 자신은 짐을 가볍게 하고 여행하는 법을 알고 있다고 말했다. 그러자 사이드가 말했다.

"블라드, 모니크들을 생각해야지. 모니크 군단의 무게를 달아 보면…"

"모니크 군단이라고? 그게 무슨 말이냐?"

우리의 예전 교감 선생님이 어리둥절한 표정으로 물었다.

"블라드의 모니크들을 모르세요, 선생님?"

블라드가 왼쪽, 오른쪽, 왼쪽으로 뒤뚱거리며 선생님 쪽으로 가더니 지팡이를 들어 보였다.

"자, 지금부터 모니크를 소개하겠습니다. 저는 아주 다양한 모니크와 15년 동안 함께 지내고 있습니다. 여기 이 모니크는 가공하지 않은 청바지를 입고 있죠. 여러분들은 이미 다른 모니크들과도 만난 적이 있습니다. 형광 노란색 모니크, 꽃 달린 모니크, 조각으로 장식되어 있는 모니크, 낙서가 되어 있는 모니크도 있습니다."

교장 선생님은 어린아이처럼 배를 잡고 웃어댔다. 머리가 희끗희끗한 어린아이.

이미 앉아 있는 마틸드를 제외하고 모두가 자리에 앉았다. 각자 스파게티 접시를 무릎에 올려놓았다. 이 스파게티로 말할 것 같으면, 시간과 공이 엄청 들어간 블라드 엄마표 스파게티다. 직접 만든 반죽을 기계에 넣어 늘리고, 칼로 자른 진짜 스파게티다.

스파게티를 먹으면서 다시 회의를 시작했다. 근사한 회의였다. 회의 참석자들은 모두 입 안 가득 음식을 우물거리며 토마토소스를 뚝뚝 떨어뜨렸다.

"루, 크라우드펀딩은 어떻게 되어가고 있어?"

"제기랄!"

"막말을 할 정도로 그렇게 심각해?"

"기대할 만한 상황은 절대 아니지."

"기대할 만한 상황이라… 우리가 상처받을까 봐 돌려 말하고 있는 거니?"

"맞아, 누구에게나 돌려 말할 권리가 있는 거니까. 징밀 짜증난다. 얘들아, 솔직히 말하자면 모금 활동은 예상했던 만큼 잘 되지 않았어. 오늘 아침에 확인한 모금액은 405유로였어. 그게 다야."

모두가 말이 없어졌다. 그때 블라드의 어머니가 먹음직스러운 초콜릿 쿠키를 가지고 들어오다가 우리들이 실망한 표정으로 축 처져 있는 것을 보고는 되돌아 나갔다.

"얘기들 나누렴. 디저트는 먹고 싶을 때 말하고."

"고맙습니다."

사이드가 대답했다.

나는 대화가 끊기고 침묵이 계속되는 것을 잘 못 참는다. 그럴 때마다 마치 커다란 구멍 안으로 빨려 들어가는 기분이 든다. 그래서 뭐라도 하고 싶었다. 나는 짐짓 낙관적인 척하면서 내 모든 뇌세포를 동원해 암산을 했다. 계산에 계산을 거듭한 결과 다음과 같은 결론에 이르렀다.

"우리 모두 뉴욕에 가고 싶으면 60상팀짜리 크루아상을 9,030개 팔아야 해. 그리고 크라우드펀딩으로는 3주 동안 1,000명이 5유로씩 기부를 해야 해."

괜한 시도였다. 내 말이 끝나자 더욱더 무거운 침묵이 흘렀다. 교장 선생님은 과장되게 마른기침을 해댔다. 블라드의 어머니는 식기세척기에서 그릇을 꺼냈다. 테아는 비밀 언어로 욕을 했다. 다들 기운이 없고 풀이 죽어 있었다.

꽤 오래도록 말이 없다가 마침내 마틸드가 정리를 하려 나섰다.

"괜찮아. 우리가 당장 죽는 것도 아니잖아. 너무 심각할 필요는 없어. 뉴욕은 그대로 남아 있을 거고, 지금이 아니어도 언젠가는 뉴욕에 갈 기회가 있을 거야."

교장 선생님이 일어나서 블라드 어머니가 그릇 치우는 것을 거들었다. 블라드는 음악을 틀었다. 모두들 아무렇지 않은 척하려고 애썼다. 이게 끝이라는 생각을 하지 않으려고 애썼다. 그건 맞는 말이다. 실망이 크지만 우리는 이겨 낼 수 있다. 뉴욕에 못 가게 됐다고 우리 삶이 어떻게 되는 건 아니니까.

교장 선생님이 가져온 솜사탕 기계는 처음 15분은 제대로 작동하지 않았다. 여러 번 실패 끝에 선생님은 손목을 돌려 가며 설탕으로 구름 덩어리를 만들 수 있게 되었다. 우리는 커다란 장밋빛 솜사탕에 얼굴을 파묻었다. 신나는 음악도 없고, 회전목마도 없고, 시끌벅적한 분위기 따위는 조금도 없는 작은 축제 같았다. 역사상 가장 슬픈 축제가 벌어진다면 이런 모습이지 않을까 생각했다.

코끝에다 녹은 설탕을 묻히고 가만히 앉아 있던 사이드가 갑자기 말을 꺼냈다.

"그런데 내일 딜랑한테 어떻게 말하지?"

골치 아픈 문제였다. 벌써부터 딜랑이 우는 모습이 눈앞에 어른거렸다. 상심한 딜랑의 얼굴이 떠올랐다.

화장실로 가서 솜사탕을 변기에 던져 넣고 물을 내렸다. 장밋빛 설탕이 빙글빙글 소용돌이를 일으키며 변기 속으로 사라지는 것을 물끄러미 쳐다보았다.

"호 멜뤼스 쥐플로-쥐스티마아르 호-우트퀴르하(깨져 버린 우리의 소망이 이런 모습이겠지)."

딜랑

눈물을 참기 힘든 태클

우는 건 좋은 거다. 누구나 울 권리가 있다.

트레이너인 티에리 코치님이 그렇게 말했다. 그러니까 울고 싶으면 울어도 된다.

가끔은 우는 것이 아무런 소용이 없을 때도 있다. 예를 들어 럭비를 할 때 그렇다. 어떤 사람이 나에게 고약하게 굴거나 경기에서 실수로 공을 떨어뜨렸을 때 나는 눈물이 난다. 그러면 티에리 코치님이 말한다.

"슬픈 건 당연한 거야. 네가 잘하고 싶은 마음이 있으니까 슬픈 거잖아. 그리고 심한 태클을 당하면 아프니까 슬퍼지지. 하지만 슬프더라도 시합이 끝난 다음에 울어라. 알았지? 시합 하는 동안에는 어금니를 꽉 깨물고 경기를 더 잘하는 데 네 분 노를 사용하는 거야. 내 말 알아들었지?"

그래서 나는 마우스피스 때문에 힘들긴 하지만 어금니를 최대한 꽉 깨물고, 더 빨리 달리고 더 세게 공을 잡으려 노력한 다. 시합이 끝난 다음이나 경기 중 휴식시간에는 울어도 된다. 하지만 그렇게 자주 울지는 않는다.

나는 9월에 개학하면서 럭비를 시작했다. 학교 체육 선생 님인 폴랭 선생님이 딜랑은 자기가 원해서 운동을 한다고 말했 기 때문이다. 스스로 원해서 한다는 말은 스포츠에 재능이 있 다는 말이나 다름없단다. 그래서 엄마는 수요일마다 다른 운동 을 할 수 있는 클럽을 찾았다. 나는 블라드와 사이드, 마틸드와 루, 그리고 테아와 샬리랑 놀고 싶었지만 엄마는 다들 고등학생 이 되어서 숙제도 많고, 할 일도 많다고 말했다. 또 내가 들어 간 럭비 클럽은 여러 가지 운동을 할 수 있어서 재미있을 거라 고 했다. 그리고 내게도 클럽에 들어가 다른 사람들과 놀 수 있 는 권리가 있다고 말했다.

처음에 엄마는 럭비가 너무 난폭한 운동이라며 걱정했다. 사실 럭비를 시작했을 때는 아파서 많이 울었다. 하지만 티에리 코치님이 모두 다 설명해 주었다. 코치님은 엄마에게도 자세히 설명해 주었다. 경기를 뛸 때는 설명을 잘 듣고 백패스를 해야 한다. 간혹 어느 방향으로 달려야 하는지 이미 알고 있어도 말이다. 엄마와 아빠가 시합을 보러 와서는 내가 자랑스럽고 내가 운동을 할 수 있는 것이 행운이라고 말했다.

내가 운이 좋은 건 사실이다. 그러나 항상 운이 좋은 건 아닌 것 같다. 난 지금 울고 싶다. 이건 시합이 아니기 때문에 내가 울음을 참을 수 있을지 모르겠다.

"딜랑, 많이 슬프니?"

어금니를 꽉 물었다. 눈물이 왈칵 쏟아지려고 할 때마다 입안 볼살을 깨물 만큼 어금니를 꽉 물었다. 미이이국에 가지 못하다니!

친구들은 나한테 이 이야기를 전하는 것이 싫은 것 같았다. 학교 앞에서 루를 만났을 때 루의 표정을 보고 뭔가 잘못되었다는 것을 바로 알았다. 사람들이 돈을 주지 않아서 우리가 미이이국에 갈 수 없게 된 것 같았다.

"실망하지 마. 아무도 모르는 일이야. 살아 있는 한 희망은 있는 거야."

나는 마틸드가 하는 말이 이해되지 않았다. 그리고 방금 한 말과는 달리 마틸드의 얼굴에서는 희망이라곤 조금도 보이지 않았다. 그리고 나 역시 마틸드와 같기 때문에 눈물이 났다.

"울지 마."

사이드가 말했다.

나는 사이드에게 슬프다고 말했다. 나는 누요오크에 가 보고 싶었다. 누요오크는 세상에서 가장 큰 도시다. 그리고 미이이국은 세상에서 가장 큰 나라다. 학교보다도 크고, 우리나라보다 훨씬 크다. 카우보이와 인디언이 있고, 농구선수도 있고, 진짜 맥도날드 피에로도 있고 이것저것 볼거리가 너무너무 많은 나라다. 난 아름다운 미이이국에 꼭 가 보고 싶었다. 그래서 지금 울고 싶다고 말했다. 그랬더니 사이드가 말했다.

"네 말이 맞아. 울고 싶으면 울어. 이제 다 컸네!"

무지하게 슬펐지만, 사이드가 나에게 다 컸다고 말해주고 나를 꼭 안아주었기 때문에 조금 덜 슬퍼졌다. 그래서 많이 울지는 않았다.

그날 밤 엄마 아빠가 나에게 많이 슬프냐고 물으면서 언젠가 뉴요오크에 함께 가자고 말했다. 그러면 원하는 것을 모두 볼 수 있을 거라고 했다. 그 말을 들을 때도 난 여전히 슬펐다. 하지만 엄마 아빠에게 사실대로 말할 수 없었다. 나는 블라드랑 사이드랑 루랑 마틸드랑 그리고 쌍둥이 자매랑 함께 미이이국에 가고 싶었다. 고약하지 않은 교장 선생님하고도 같이 가고 싶었다. 사실 저번에 친구들이 교장 선생님이 고약하다며 흉을 본 적이 있다. 그 이야기를 들은 나는 친구들에게 마구 화를 냈다. 나중에 교장 선생님은 내가 화낸 이야기를 들었다고 웃으며 말해 주었다.

엄마는 내가 중학교에 간 뒤로 많이 컸다고 한다. 하지만 이따금 엄마 아빠보다 친구들을 더 좋아할 만큼 내가 컸다는 게 조금 슬프다는 생각이 든다.

침대에 누워서도 이 생각 저 생각이 들었다. 나는 너무 슬퍼하지 않으려고 애썼다. 럭비를 할 때 티에리 코치님은 "공격하는 순간에 생각하라."고 말했다. 그 말을 떠올리며 나는 언젠가 친구들을 모두 데리고 미이이국에 가고 말 거라고 다짐했다.

블라드

인생은 롤러코스터

놀이공원에서 본 그 정신없는 놀이기구의 이름이 뭐더라? 높아졌다가 낮아졌다가, 산이었다가 절벽이었다가 하는 건데… 롤러코스터! 맞아, 그거다! 요즘 기분이 꼭 롤러코스터를 탄 것 같다. 피곤하게 시리.

영화제에서 상을 받고, 루와 키스를 했을 때는 정말 기뻤다. 지원금을 받아 친구들과 함께 뉴욕에 간다는 소식을 들었을 때도 정말 기뻤다. 그때는 마치 하늘을 나는 기분이었다. 현실의 삶이 별것 아니게 느껴질 정도였다.

그런데 얼마 지나지 않아 내 기분은 땅으로 곤두박질쳤다. 돈이 부족해서 사이드와 나만 뉴욕에 가게 되었기 때문이다. 전혀 신이 나지 않았다. 친구들을 두고 둘만 간다는 죄책감은 여행을 준비하는 즐거움까지 빼앗아가 버렸다. 둘만 떠나고 다른 사람들은 부두에 남는 그런 부류의 영화라니. 사이드와 나는 그런 영화를 보지 않는다. 절대로! 그런 영화를 보면 역겹다. 진짜 토할 것 같다!

순간순간 교장 선생님이 원망스러웠다. 다 같이 뉴욕에 가는 생각을 해내고 지원금을 신청한 것까진 좋았다. 하지만 계획을 세웠으면 끝까지 제대로 실행했어야 했다.

루와 사이드가 딜랑에게 뉴욕에 가지 못하게 됐다고 말하러 갔을 때 나는 그 자리에 없었다. 하지만 딜랑이 용감하게도 눈물을 꾹 참더라고 아이들이 내게 말해 주었다. 그리고 얘기를 하는 동안 루가 딜랑의 손을 잡아 주었는데, 어찌나 세게 쥐었던지 루의 손에 손톱자국이 남아 있었다. 그 말을 들은 뒤로 자유의 여신상과 센트럴파크가 나오는 꿈을 꿀 수가 없다.

이번 주가 나는 정말 싫다. 한 주 내내 시간이 끝없이 늘어나기라도 한 것처럼 매우 지루했다. 루는 수업과 모파상에 대한 발표 준비와 크루아상 판매 문제로 너무 바빴다. 그래서 둘이서 만날 기회가 없었다. 나는 루와 복도에서 마주쳤을 때 빠르게 세 번 뽀뽀하는 순간이 오기를 기대하고 있었다. 아니면 호수 근처에서 만나 10분 정도 여행 이야기만 하면서 바위 주변을 산책하길 바랐다.

게다가 이번 주말에는 내가 여기 없다. 주말에는 할아버지의 결혼식에 가야 한다. 사실 엄마랑 나는 아직까지도 어리벙벙하다. 어떻게 그렇게 모든 일이 일사천리로 진행되는지 놀라울 뿐이었다. 할아버지는 화요일에 마지막 사랑이라던 시몬느 부인과 헤어졌다. 그리고 다음 날 살사를 배우러 가던 길에 새로운 사랑을 만났다. 그러더니 몇 주 만에 약혼, 결혼, 할아버지의 고향인 라모트-뵈브롱으로 신혼여행을 떠나는 계획까지 모든 것이 순식간에 결정됐다.

엄마는 기분이 이상하다고 했지만 시청의 분위기는 유쾌하고 왁자지껄했다. 분위기 때문에 엄마의 마음이 심란했던 것이라고 생각했다. 나는 적당한 때를 봐서 귓속말로 엄마에게 괜찮냐고 물었다.

"그래, 그럭저럭. 아버지가 재혼하는 거잖아. 아버지가 내 앞에서 결혼하는 게 이상한 느낌이 들기는 하지. 그런 것만 아니면 괜찮아."

"엄마, 엄마도 잘 알고 있겠지만 엄마는 전혀 늙지 않았어요. 그리고 매력이 있어요. 모두들 그렇게 말해요."

"모두들 그렇게 말한다고? 그런데도 나는 왜 저녁마다 집에서 혼자 있는 걸까? 나랑 데이트를 하겠다고 집 앞에 줄을 선남자들을 본 적이 없는데."

"곧 줄을 설걸요. 확실해요!"

나는 힘주어 말했다. 시장이 우리에게 주의를 주었다. 우리가 소리를 너무 크게 냈나 보다. 결혼 서약을 하고 반지를 교환하고 그 밖의 모든 일들이 순서대로 진행되었다.

할아버지는 흰 예복에 강렬한 빨강 네커치프를 두르고 '나는 이 지역 마피아요. 하지만 이건 비밀이요.'라고 말하는 듯한모자를 썼다. 할아버지는 품위가 넘쳤다. 베이지색 드레스를 입은 새할머니도 사랑스럽고 우아했다. 그리고 감격한 기색이 역력했다. 할아버지가 새할머니에게 키스를 하자 사람들이 박수를 쳤다. 너무 열정적으로 키스하는 바람에 하마터면 "할아버지너무 지나쳐요. 좀 떨어지라고요."라고 소리칠 뻔했다.

난 할아버지가 부탁한 음악을 틀었다. 밥 딜런의 〈아이 원트 유 I want you〉였다. 할아버지가 좋아하는 노래다. 나도 좋아한다. 사이드와 만든 영화에서도 이 노래를 엔딩곡으로 썼다.

플라스틱 의자에 더러운 회색 양탄자가 깔린 시청의 생기 없는 결혼식장 안에 예쁜 노랫소리가 가득 퍼졌다. 주변이 볼품 없다는 것을 잊을 만큼 할아버지는 멋졌다. 두 사람 다 정말 아름다웠다. 할아버지는 마라톤에서 일등으로 들어와 멋진 트로피와 덤으로 긴 세월의 삶, 여분의 젊음을 획득한 사람처럼 양팔을 번쩍 쳐들었다. 얼굴에 보기 좋은 미소가 흘러 젊은 새신랑 같았다.

결혼식이 끝나고 빠삐용 거리에 있는 할아버지 집 정원에서 파티가 열렸다. 결혼식 파티를 꼭 야외에서 해야 한다고 할아버지가 고집을 부렸기 때문에 사람들은 쌀쌀한 10월의 날씨에 대비해 따뜻한 외투를 입고, 모자를 쓰고 파티에 참석했다.

"장갑을 끼고 샴페인 잔을 잡고 있기가 힘들어요, 할아버지. 아무래도 가든파티는 좋은 생각이 아니었던 거 같아요."

"블라드, 내 얘기 좀 들어 봐라. 난 매일 일기예보를 보는 게 참 지겨웠다. 매일 똑같은 일을 되풀이하면 정말 지겹지 않겠니? 그래서 일기예보를 아예 무시하기로 했단다. 너도 그렇게 될걸."

할아버지의 말에 나는 큰 소리로 웃었다.

"아, 정말이지 할아버지답네요. 할아버지는 항상 그랬어요. 무시하기 일쑤였죠. 그럼 지금 기온이 6도가 아니라고 생각하면 되는 건가요?"

"그럼, 그러면 모든 게 다 잘된단다. 봐라! 여기 있는 사람들 모두 즐거워 보이지? 다들 행복해 보이지 않니?"

"모두들 손가락이 꽁꽁 얼어 있고, 폐렴 초기 상태로 보이긴 하지만… 뭐, 웃고 있네요. 할아버지 말이 맞아요."

"그래, 무시하고 넘어가는 거야. 그게 내가 생각해 낸 나만의 방식이다. 너에 대해서도 그랬지. 그러니까…"

"제가 가진 장애 말이에요?"

"그렇게 말하지 마라. '장애'라고 말하지 않는 게 가장 중요한 포인트야."

할아버지가 내 어깨를 두드리더니 다정하게 어루만졌다. 그 순간 나는 몸의 균형을 잃고, 넘어질 뻔했다. 다행히 할아버지가 나를 잡아 줘서 넘어지지 않고 똑바로 설 수 있었다.

"어쨌든 할아버지가 행복해 보여서 좋아요. 할아버지의 여자친구분, 아니 새할머니도 기분이 좋은 것 같고요."

"루는 어떠니? 여전히 그 아이를 좋아하니?"

"그럼요. 그런데 요즘 자주 만나지 못하고 있어요. 여행 때문에 정신이 없어서요. 할아버지도 아시죠?"

"벌써 그렇게 되었나?"

"원래는 영화에 참여했던 친구들과 다 함께 가기로 계획이 잡혀 있었어요. 경비가 많이 부족해서 이것저것 해 봤는데 다 실패했어요. 결국은 사이드와 저, 이렇게 둘만 가게 됐어요. 다른 아이들은 못 가게 된 거죠."

"많이 실망했겠구나."

"실망한 정도가 아니에요. 가슴이 둘로 쪼개지는 것처럼 아팠어요. 모두가 함께 떠나야 하는데 두 사람만 가게 됐잖아요."

매사를 긍정적으로 생각하는 할아버지가 내게 미소를 지으며 말했다.

"그래도 영화를 만든 덕분에 네가 좋아하는 여자애를 보고 싶은 만큼 보게 됐잖아. 그렇지 않니?"

나는 아무런 대답도 못하고 그저 긴 한숨만 내쉬었다. 할아버지는 그러는 나를 걱정스럽게 쳐다보았다. 할아버지가 뭔가 더 말하려 입을 연 그 순간에 엄마가 사진을 찍자며 우리를 불렀다.

할아버지와 나는 천천히 사람들이 있는 곳으로 갔다. 줄을 서느라 첫 번째 사진을 찍는 데 시간이 아주 오래 걸렸다. 갑자기 돌풍이 불어와 식탁보 하나를 날려 버렸고, 연이어 와인 잔과 냅킨들이 바닥에 떨어졌다. 사람들이 허둥지둥 달려가 분주히 돌아다니며 떨어진 것들을 주웠다.

바로 그 순간 카메라 셔터가 눌러졌다. 흠뻑 젖은 사람들의 옷에서 빗물이 뚝뚝 떨어졌다. 새신부는 화장이 다 번지고 마스카라가 흘러내려서 꼭 판다 같았다. 엄마가 털목도리로 얼굴을 가리고 잠시 웃더니 얼굴을 닦으라고 수건을 건네주었다. 혼란 속에서 할아버지의 흥얼거리는 노랫소리가 들렸다.

난 널 원해. 난 널 몹시 원해. 난 널 원해.

인생은 롤러코스터 같다. 완전히 망친 한 주였지만 할아버지의 결혼식은 훌륭했다. 비록 발가락이 꽁꽁 얼어붙고 코끝에서 물이 뚝뚝 떨어지긴 했지만 말이다.

"자, 한 번 더 찍습니다. 다들 웃으세요."

마르셀

가장 큰 거짓말

갑자기 등 아래쪽이 아파 왔다. 칼로 마구 찔러 대는 것 같은 통증이었다. 칼에 찔려 보지는 않았지만, 실제로 칼에 찔려도 이보다 더 아플 것 같지 않았다. 통증이 등을 타고 머리끝까지 올라와 온몸이 다 아팠다.

자신은 원래 쾌활한 데가 어떤 상황에서도 유쾌한 농담을 던질 줄 알고, 불운이 닥쳐도 기꺼이 받아들이고 쉽게 무너지지 않는 성격이다. 그런데 지금은 웃고 싶은 생각이 싹 사라졌다.

지난 열흘 동안 꼼짝 못 하고 침대에만 누워 있었다. 정확히 결혼식 파티가 있었던 그날 밤 이후로 시체처럼 죽 누워 있는 중이다.

브리지트의 말이 맞았다. 새신부를 안고 문지방을 넘은 것은 그다지 좋은 생각이 아니었다.

"이제는 자기 몸을 아끼기 시작하셔야 합니다. 칼비노 씨. 이제 80대십니다. 아시다시피…"

최근에 병원에 갔을 때 의사가 당부한 말이 떠올랐다. 동맥 나이가 적다고 모든 것이 괜찮은 게 아니었다. 하지만 결혼식 날 밤은 어쩐 일인지 자신이 무척 젊게 느껴졌다. 그래서 67세인 아주 젊은 신부를 안아 올렸던 것이다.

"할 수 있겠어요, 마르셀? 반드시 해야 하는 건 아니에요. 알잖아요?"

브리지트가 말렸지만 그냥 흘려들었다. 평소에도 사람들의 걱정을 귀담아듣는 편이 아니다. 더구나 브리지트는 몸집이 많이 작았다. 많이 나가야 45킬로그램이나 될까 말까 한 호리호리한 체형이다. 벽돌공으로 일하던 때 수없이 들었던 시멘트 자루의 무게와 비슷했다. 그리고 첫날밤에 신랑이 신부를 팔에 안아 번쩍 들고 문지방을 넘는 것은 꼭 지켜야 할 전통이다. 세 번째 결혼인 터라 아주 잘 알고 있다.

첫 번째 결혼은 불운 그 자체였다. 아내는 엄청난 골칫덩이였고, 자신도 젊었다. 결혼 생활은 10년을 넘기지 못 하고 끝이 났다. 그리고 같은 회사에서 비서로 일하던 로랑스와 다시 사랑에 빠졌다. 그들은 1968년 5월에 결혼했다.

두 번째 결혼식은 일도 많고 탈도 많았다. 주례를 맡은 시장은 사건에 휘말리는 바람에 하마터면 결혼식에 참석하지 못 할 뻔했다. 이혼을 탐탁치 않아하던 사제는 축성을 하는 내내 싫은 표정이 역력했다. 하지만 다 괜찮았다. 로랑스와 나, 우리가 서로 사랑하는 것은 확실했으므로. 사제의 축성 속에 우리는 행복했다.

로랑스는 보통 여자들과는 달랐다. 로랑스는 세상에 대해 새로운 눈을 뜨게 해 주었고, 새로운 삶의 방식을 가르쳐 주었다. 로랑스는 내게 '마초'라고 했다. 심지어는 '남성우월주의자'라고 했다. 로랑스는 자기 몸은 자기 것이니 아이를 가질지 말지는 자신이 결정하겠다고 말했다. 로랑스가 이런 말을 할 때마다 충격을 받았지만, 그녀에게 완전히 빠져 있었기 때문에 무조건 로랑스가 하자는 대로 했다.

결혼 첫날 밤, 로랑스를 안아 들고 신혼집의 문지방을 넘었을 때, 그녀는 사랑이 넘치는 미소를 지어 보였다. 시간이 날 때마다 틈틈이 동료들과 함께 지은 집에서 로랑스와 결혼 생활을 시작했다.

30년 동안 이 집에서 살았다. 이곳에서 딸 에밀리가 태어나고 자랐다. 나중에 에밀리가 이 집을 물려받을 것이고, 더 나중에 블라드가 이 집을 물려받을 것이다. 그렇게 되기를 바라고 있다. 그러려고 이 집을 지었기 때문이다. 자신의 아이들과 손주들이 이 집에서 행복하게 살길 바라며 지은 집이었다.

로랑스도 이 집에서 세상을 떠났다. 2000년 1월이었다. 로랑스는 새천년이 시작되는 것을 꼭 보겠다고 다짐했고, 결국 그때까지 견뎌 냈다.

로랑스가 죽은 뒤 얼마 지나지 않아 블라드가 태어났다. 슬픔과 무기력에 빠져 허우적댈 겨를이 없었다. 에밀리가 도움을 요청했기 때문이다. 에밀리가 이혼을 하고 난 뒤에는 특히 더 그랬다. 그때부터 딸과 손자를 돌보며 살았다.

사랑하는 손자, 블라드는 너무 약하고 한편으로 아주 강했다. 블라드 때문에 나이보다 훨씬 젊게 살 수 있었다. 딸과 손자 옆에서 단단히 버티고 서서 두 사람을 지킬 수 있어 기뻤던 시간이었다.

'그런데 내가 왜 이런 생각을 하고 있는 거지?'

갑자기 왜 과거의 기억이 떠오르는지 도통 모를 일이었다. 불쑥 떠오른 과거의 추억을 뒤로하고, 문지방을 넘기 위해 브리지트를 들어 올렸다. 그 순간 강렬한 통증이 등줄기를 훑고 지나갔다. 신음 소리가 절로 새어 나왔다. 집 안으로 들어가 간신히 브리지트를 내려놓았다. 어쨌든 새신부를 바닥에 내팽개치지는 않았다.

통증을 숨기고 아무렇지 않은 듯했지만 쓸데없는 짓이었다. 새신부는 만만치 않은 상대였다. 간호사였던 브리지트가 소염제를 주었다. 그리고 다음 날 아침에 진료를 받을 수 있도록 병원 예약도 해 주었다.

"결혼한 다음 날 병원에 가면 사람들이 나를 뭐라고 생각하겠어? 사람들은 뭔가가 제대로 되지 않은 모양이라고 생각할 거야!"

"나는 남들이 어떻게 생각하든, 뭘 믿든 전혀 관심이 없어요, 마르셀. 나는 당신이 건강했으면 좋겠어요. 그러니까 이런 일로 실랑이하지 말자고요."

브리지트는 로랑스가 그랬던 것처럼 단호했다. 자신은 이런 성격을 좋아한다. 이전 여자친구인 시몬느와 헤어진 것도 따지고 보면 성격 탓이었다. 시몬느는 무슨 일을 하든 주저하면서 선뜻 나서지 못했고, 새침을 떠는 성격이었다. 시몬느와 함께 동네 마트라도 갈라치면 그린란드 탐험을 가는 것만큼이나 많은 준비가 필요했다. 시몬느가 열 살이나 어렸지만 항상 자신보다 마음이 늙었다고 생각했다. 블라드를 항상 이상한 눈으로 보는 것은 말할 것도 없고, '불쌍한 녀석'이라는 둥 '어쨌든 블라드는 용기가 대단하다'는 둥 항상 그런 식으로 말을 했다. 시몬느는 '어쨌든'이라는 말을 자주 했다.

그런 식으로 말하지 말라고 해도 시몬느는 전혀 이해하지 못했다. 시몬느에게 블라드는 평범한 남자아이 이전에 장애인이었다. 그리고 장애인은 동정받아야 마땅했다. 결국 시몬느는 마르셀의 인생에서 퇴장했다. 시몬느에게 끝내자고 통보한 다음 날, 집 앞에서 60대의 예쁜 여자를 만났다. 예전 직장 동료의 여동생이었다. 그들은 이야기를 주고받기 시작했고, 결국 결혼까지 하게 되었다.

결혼식 파티는 정말 좋았다. 손님은 많지 않았다. 80세 정도가 되면 초대 전화를 돌렸을 때 전화를 받을 수 있는 친구가 많지 않은 법이다. 정원에서 열린 파티에서 20대처럼 날렵하게 춤을 추었다. 그런데 지금은 등과 허리 통증 때문에 꼼짝도 하지 못 하고 누워 있는 신세다.

"등이 문제가 아닙니다, 칼비노 씨. 그러니까 등만 문제가 아니라는 말입니다. 허리가 문제입니다. 이런 말을 하게 돼서 유감이지만 쉽게 좋아지지 않을 겁니다."

의사는 많이 봐야 서른 중반 정도였다. 블라드나 블라드의 친구들과 별반 차이가 없는 어린애에 불과했다. 헛소리나 하는 의사에게 산책이나 다녀오라고 말하고 싶었다. 그리고 의사라고 다 아는 게 아니며 얼마 지나지 않아 다 낫게 될 거라고 말하고 싶었다. 하지만 열흘이 지나도 통증은 사라지지 않았다.

등허리의 통증은 진통제를 먹고 나면 그럭저럭 견딜 수 있다. 그런데 통증보다 움직일 수 없는 상태가 더 괴로웠다.

갑갑해서 조금이라도 움직이려 들면 브리지트가 한마디 했다.

"앉아 있어요. 아니면 누워 있어요. 당신이 현명한 사람이라면 한 달 동안은 움직이지 않을 거라 믿어요. 나는 앞으로 계속 당신하고 산책하고 싶어요. 그러니까 지금은 의자에 가만히 앉아 있어요."

처음에는 이 상황을 대수롭지 않게 생각했다. 물리치료실에서 블라드를 만나는 상상도 했다. 평소에 하던 대로 누가 더 빨리 걷나 내기를 하게 되면, 이번에는 손자에게 져 주려고 일부러 느리게 걸을 필요가 없겠다는 생각에 웃음도 나왔다.

그렇게 며칠이 지났고 기분은 점점 우울해졌다. 매일 비가 내려 정원에 나갈 수도 없었다. 텔레비전 보는 것을 좋아하지 않았기 때문에 그냥 멍하니 창밖을 바라보았다. 하루빨리 몸이 회복되기만을 기다리고 있었다. 머릿속에서는 "쉽게 좋아지지 않을 겁니다, 칼비노 씨."라고 한 의사의 말이 자꾸만 메아리쳤다.

의사들은 늘 이런 식으로 말한다. 하지만 의사의 말이 맞다면? 계속 이렇게 꼼짝 못 하고 살아야 한다면? 완벽하게 낫지 않고 장애가 남는다면?

장애라는 말이 정말 싫다. 그 말을 귀에 담지 않으려고, 머릿속에 떠올리지 않으려고 애썼다. 블라드가 태어나기 전부터 그랬다. 아주 오래전 사촌동생 조제프가 있을 때부터 그랬다.

두 살 어린 조제프와는 같은 초등학교에 다녔다. 아이들은 조제프가 자기들과 다르다는 걸 금방 알아차렸다. 조제프의 어눌한 말투, 이상한 걸음걸이는 보통 아이들과 확실히 달랐다. 의사들은 조제프가 지적장애가 있다고 빠르게 진단 내렸다. 그의 부모는 조제프를 학교에 보내지 않기로 했다. 조제프가 고통받는 것을 더 이상 보고 있을 수 없어서였다. 친구들이 놀리고 욕을 하는데도 조제프는 화를 내거나 기분 나빠 하지 않았다. 아무것도 몰랐기 때문이다. 그런 조제프를 보며 항상 가슴 한편이 아팠다.

그 뒤로 장애라는 말을 들으면 불편하고 수치스러웠다. 장애는 숨겨야 하는 것이었다. 하지만 솔직히 말해, 조세프는 사람들이 자신에 대해 모를 때 더 두려워했었다.

블라드가 태어나고 장애 진단을 받았을 때, 손자를 장애인으로 보지 않기로 마음먹었다. 그것은 게임에 가까웠다. 아니면 가장 큰 거짓말이거나.

날씨가 흐려졌다. 창가에 앉아 브리지트가 마트에서 돌아오기를 기다리며 이런저런 생각에 빠졌다.

절대로 그저 그런 늙어빠진 사람이 되고 싶지 않았다. 멋지게 나이 먹고 싶었다. 마치 귀한 악기처럼, 희귀한 소장품처럼. 근데 지금 이 꼴을 보라지….

안뜰에 비닐 덮개를 씌워 놓은 자동차가 보였다. 1990년 출시된 포르쉐 944 S2이다. 은퇴하고 나서 바로 장만했다. 로랑스와 바다에 갈 때 저 차를 몰았다. 그런데 아무래도 더는 저 차를 운전할 수 없을 것 같다는 생각이 들었다.

포르쉐는 벌써 몇 달 동안이나 안뜰에서 잠을 자고 있었다. 모터를 움직여 주느라 일주일에 한 번씩 시동을 거는 게 전부였다. 그동안 소중하게 다뤘기 때문에 차는 상당히 잘 관리되어 있었다. 이 차를 블라드에게 꼭 물려주고 싶었다. 소장할 만한 가치가 있는 자동차라서 블라드에게 큰 선물이 될 거라고 생각했기 때문이다.

그런데 아니다. 확실히 아니다.

등허리의 고통은 그를 좀 더 통찰력 있는 사람으로 만들었다. 블라드는 절대로 포르쉐 944를 운전할 수 없을 것이다. 그리고 이젠 자신 역시 그럴 것이다. 자동차는 달리지 못하고, 비닐 덮개가 씌워진 채로 비를 맞고 서 있는 신세가 될 것이다.

소장 가치가 있는 아름다운 자동차가 갑자기 쓸쓸해 보였다. 망가지고 버려진 자동차로 보였다. 블라드가 세상을 돌아다니고, 여자친구를 바닷가에 데려가고, 여행을 하고, 자유롭게 날아오르는 데 이 자동차는 아무런 도움이 되지 못하리라.

포르쉐가 아무리 값비싸고 귀한 것이라고 해도 자동차일 뿐이다. 교통수단에 불과하지. 그런데 여행이라, 교통수단이라….

불쑥 기발한 생각이 떠올랐다.

다시 이어진 소망

'조금'이라는 말이 붙는 문제

블라드와 나는 서로를 '애늙은이'라고 부른다. 처음 친구가 되었을 때부터 그랬다. 다른 아이들은 이 별명을 이상하게 생각했다. 자기들끼리 눈짓을 하며 수근거렸다. 나의 전 남자친구 모르강은 우리 사이를 의심하며 질투까지 했다.

나중에 모르강은 블라드와 내가 서로를 그렇게 부르는 것 때문에 아라공 중학교에 다니는 '정부'와 바람을 피운 것이라고 변명을 했다.

어쩜 그렇게 뻔뻔스러운지. 낯짝 두꺼운 자식이다.

'정부'라는 말을 쓰며 모르강을 욕했더니, 마틸드가 날 놀렸다.

"넌 꼭 우리 할머니 같은 말을 하더라."

사실 '정부'라는 말이 무슨 뜻인지 정확히 모른다. 아마 매춘부하고 비슷한 말이 아닐까 생각한다.

우리말을 유달리 좋아하는 게 잘못일까? 난 자기 생각이나 감정을 표현할 때 10개에서 15개 정도의 단어만 쓰는 건 이상하다고 생각한다. 감정을 나타내는 어휘를 많이 알고 쓸수록 감정을 다양하게 느낄 수 있다는 이야기를 어디서 읽은 적이 있다. 마음이 동하는 구절이다.

마음이 동하다니… 또다시 호랑이 담배 피우던 시절에나 쓰던 말이 튀어나왔다. 블라드와 주고받는 애칭과 평소에 내가 쓰는 말들을 떠올리면서 내가 정말로 애늙은이인 건지 고민했다.

요즘 난 내가 벽에 갇혀 있다고 느낀다. 전보다 훨씬 더 심하게 그런 느낌이 든다. 고등학교의 다른 여자애들과 나를 비교해 볼 때면 더욱 그렇다. 난 짧은 치마나 남의 눈에 띄는 옷차림을 좋아하지 않는다. 편안하고 옛날 감성이 풍기는 색상의 옷들을 좋아한다. 또 엄마의 말대로라면 이런 옷들이 나의 외모와도 잘 어울린다.

그래, 맞다. 정말 이상하지만 내게는 할머니 같은 구석이 있다. 블라드가 할아버지 결혼식에 나를 초대했을 때, 난 칼바도스에 사는 친척 할머니의 생일 파티에 가야 하기 때문에 결혼식에 못 간다고 했다. 왈츠를 추는 걸 좋아했다면 좋은 핑곗거리가 됐을 텐데, 할머니랑 놀고 싶어서 못 간다니… 블라드가 이상하게 생각할까 봐 살짝 걱정했다.

같은 반 여자애들과 어울려 노는 것보다 할머니들이랑 있는 것을 더 편하게 생각하는 열일곱 살짜리는 절대 평범하지 않다. 장애인들과 대부분의 시간을 보내는 것도 마찬가지다. 물론 이런 생각을 하는 게 바보 같다는 걸 안다.

작년에 만난 친구들은 장애인이 아니라 그냥 내 친구들이다. 그 친구들과 만나면 늘 말장난을 하고, 웃고 떠든다. 몇 마디 말과 몸짓만으로 빵 터지는 건 예삿일이다. 그 친구들과는 아무 때나 전화 통화를 하고, 어떤 모습을 보여도 전혀 부끄럽지 않다. 그 애들과 함께 있으면 내 모습 그대로일 수 있다.

그랬다. 올해 들어 반 친구들이 나를 이상하게 바라본다는 것을 알게 되기 전까지는 그랬다. 학교 운동장에서 나는 항상 블라드와 마틸드, 그리고 쌍둥이 자매와 어울렸다.

쌍둥이 자매는 장애인은 아니지만, 별난 데가 있다. 우리는 그들이 사용하는 비밀 언어, 그리고 아무런 맥락 없이 쏟아지는 욕설과 비명에 익숙하다. 하지만 대부분의 아이들은 쌍둥이 자매의 비밀 언어, 욕설, 비명을 듣는 걸 싫어한다.

어처구니없는 일이다. 통합교육반이 있었던 중학교에서는 특수학급이 따로 있는 지금보다 훨씬 더 아이들끼리 잘 어울렸다. 그런데 고등학교에 와서는 감춰야 할 게 점점 많아진다. 변덕이 심한 내 성격이라든지 할머니 같은 성향도….

"넌 정말 짜증을 잘 내더라."라고 사이드가 내게 말한 적이 있다. 사이드의 말에 모두들 웃었다. 아이디어를 쥐어짜느라 짜증을 잘 내는 사람이 우리의 격투기 선수이자 시나리오 작가라는 것을 모두가 잘 알고 있기 때문이었다. 그리고 사이드의 말이 영 틀린 말도 아니다.

한 마디로 내 성격은 내게 있어 가장 큰 결함이다.

좀 부풀려 말하자면 말이다. 확실히 과장이 좀 섞였다. 요즘 애들처럼 말할 때, 자신의 느낌이나 생각을 전부 표현하기가 어렵다는 게 문제다. 느끼는 많은 것들을 제대로 표현할 만한 어휘들을 잘 알지 못한다. 그래서 그렇다. 지금 나에게는 다음과 같은 문제들이 있다.

첫째, 고등학교에서 아직 내 자리를 찾지 못해 불안하다.

둘째, 친구들과 다른 성향을 가지고 있어 걱정이다.

셋째, '통합교육빈을 미국으로' 프로젝트가 실패해 실망이다.

넷째, 돈을 더 많이 모으지 못한 게 속상하다.

여기에 하나가 더 있다. 이건 '조금'이라는 말을 붙이고 하는 말인데, 나는 블라드 옆에 있는 것이 조금 불편하다. 블라드의 몸이 제멋대로 움직이고, 잘 걷지 못하고, 균형을 잘 잡지 못해서가 아니다. 나한테 중요한 것은 블라드의 마음, 성격, 에너지, 열정이기 때문이다.

그런데 요즘 들어 블라드가 너무 활동적이고, 열의가 넘치고, 요구가 많고, 감정이 과하고, 여기저기 참견하고, 자기주장이 강하고, 집요한 면이 있다는 생각이 든다. 고등학교 친구들은 블라드를 보고 한마디로 나댄다고 콕 집어 말할 것이다. 하지만 그렇게 단정 지어 말하기에는 훨씬 복잡한 뭔가가 있다.

블라드하고 함께 있으면 가끔 숨을 쉬기가 힘들다. 블라드가 주변의 공기를 다 마셔 버리는 것 같다. 블라드라는 소용돌이 속에 모두가 빨려 들어가는 기분이다. 마치 내가 '블라드의 삶'이라는 영화에 등장하는 단역 또는 조연 같다고 할까? 멋진 남자 주인공의 상대역, 바꿔 말하면 남자 주인공에게 키스를 날리는 금발머리 조연이 된 것 같다.

이런 건 정말 싫다.

그만! 자꾸 헛생각이 든다. 마틸드의 말처럼 난 뉴욕에 가지 못하게 됐다는 사실에 화가 나 있다. 오늘 사이드가 놀린 교장 선생님의 발음으로 치면 '트로파운딩'의 마지막 날인 데다가 혼자서 해지와 비용 상환 절차를 모두 처리해야 한다는 것에 열받아 있다. 그리고 난 그걸 어떻게 해야 하는지 모른다. 사실 쌍둥이 자매가 도와주겠다고 했지만, 둘만의 비밀 언어로 싸우는 소리를 듣고 싶지 않아서 혼자 해도 괜찮다고 했다.

지난 한 달 동안 매일 밤 하던 대로 컴퓨터를 켰다. 최근 들어서는 전혀 움직이지 않는 숫자를 볼 때마다 밀려드는 절망에 허우적댔다. 마지막 날이니만큼 마음을 단단히 먹고, 크라우드 펀딩이 진행 중인 홈페이지에 접속했다.

오! 이런 제기랄!

눈으로 보고도 믿기지 않는 사실에 심장이 폭발하기 직전이다. 일단 전화를 하자.

"마틸드!"

"응, 왜?"

"너 앉아 있지?"

"야, 그렇게 말하기 있어?"

이런, 바보. 아무리 흥분했어도 조심해야 했는데…. 당황해서 얼굴이 새빨갛게 달아올랐다.

"미안, 마틸드. 정말 미안해. 방금 말한 건 내가 실수했어."

"괜찮아. 농담한 거야! 그런 장난은 늘 하잖아. 그런데 너 나한테 할 말 있는 거 아니야? 목소리를 들으니까 보통 일이 아닌데?"

심장이 터질 만큼 충격을 받았다가 당황했다가 난리를 치다 보니 힘이 다 빠져 간신히 마틸드에게 말했다.

"사이트에 접속해 봐."

더 설명할 필요도 없었다. 휴대폰을 통해 마틸드가 마우스를 클릭하는 소리가 들렸다. 곧이어 귀를 찢는 듯한 마틸드의 비명 소리가 울렸다.

"말도 안 돼!"

"그래, 근데 사실이야."

"J.M. 판지오가 도대체 누구야?"

다시 자판을 두드리는 소리가 들렸다. 그러고 보니 왜 구글에 검색해 볼 생각을 못했지?

"1950년대 자동차 경주 챔피언이래."

"그럼 그 사람이…?"

"그럴 리가 없지. 그 사람은 1995년에 죽었어."

"그럼 가명이구나?"

"우리가 모금에 성공한 거야!"

"잠깐 기다려 봐. 내가 정리해 볼게. 누군가 자동차 경주 선수 이름을 빌려서 우리한테 6,000유로를 기부한 거지?"

"그래, 우리 모두 미국에 갈 수 있게 된 거야. 그것도 모금 마지막 날에 말이야."

"루, 너 그거 알아?"

"어떤 거 말이야?"

"네 말이 맞았어. 내가 앉아 있어서 다행이야."

그리고 우리 둘은 미친 사람들처럼 휴대폰에 대고 소리를
질러 댔다.

"우리 모두 뉴욕에 간다아아아아아아아!"

블라드

영웅의 정체

J.M. 판지오.

나의 새로운 영웅이다. 나는 이 사람이 누군지 안다. 우리는 그에게 큰 빚을 졌다. 하늘을 날 것 같은 기분이다.

우리가 다 함께 뉴욕에 갈 수 있게 되었다는 소식을 들은 사이드가 외쳤다.

"다 같이 가게 된 거야! 알고 있어? 한 명도 빠짐없이 모두 다 가는 거라고. 이제 아이들에게 미안해하지 않아도 돼! 우리가 전생에 착한 일을 했나 보다."

"우리한테 선행을 베푼 사람은 J.M. 판지오야. 고맙다는 말을 전할 수 있으면 좋겠어. 지금 당장은 누구인지 알 수 없지만, 곧 알게 될 것 같아. 루가 그러는데 기부금을 받을 때 기부자의 실명을 밝히게 되어 있대."

"나는 교장 선생님이 확실하다고 생각해. 선생님한테 그럴 만한 능력이 있잖아. 게다가 기획했던 프로젝트가 수포로 돌아가서 심하게 자책하고 있었고. 근데 정체가 곧 밝혀질 텐데, 왜 가명으로 한 거지? 어쨌든 블라드! 우리 축하 파티를 해야지? 나한테 미지근한 카콜락(1954년 보르도에서 처음 만들어진 우유가 들어간 음료로 지금은 프랑스 전역의 호텔, 레스토랑, 카페, 식품점에서 팔고 있다.-옮긴이)이 있는데. 어때?"

사이드는 마트에서 떨이로 산 카콜락을 손에 들고 마치 왕자처럼 내게 건배하는 시늉을 하며 외쳤다.

"교장 선생님을 위하여 건배! 선생님의 깜짝 선물을 위하여 건배! 부디 선생님이 돈을 많이 버시기를!"

내 카콜락 병을 사이드의 병에 부딪쳤다. 음료수병을 비우는 것으로 파티는 끝이 났다. 사이드는 자기 학교로, 나는 나의 학교로 돌아가야 한다. 우리는 이렇게 두 학교 중간 어디쯤에서 가끔 만나서 시간을 보낸다. 그립고 즐거웠던 지난해 쉬는 시간에 그랬던 것처럼.

하늘에서 떨어진 행운에 대해 생각하고 있을 때, 주머니에 넣어 둔 휴대폰의 진동음이 들렸다. 여러 동작을 동시에 하기 힘든 나는 걸음을 멈추고, 모니크를 벽에 기대 세워 놓고, 휴대폰을 손에 쥐었다. 그런 다음 누구한테서 온 전화인지 화면을 확인했다.

화면에 할아버지 사진이 떠 있었다. 결혼식 때 찍은 사진이다. 할아버지의 주름진 미소가 멋졌다.

그 순간 어떤 생각이 머리를 스쳤다.

"할아버지? 할아버지가 맞죠?"

"그래, 나다. 잘 지내니? 어디 아픈 데는 없고?"

"아니, 아니요. 제 말은요. J.M. 판지오 말이에요! 그 사람이 할아버지 맞죠?"

"아, 이런… 들켰구나. 여행이 끝날 때까지 비밀로 하고 싶었는데. 어떻게 알았니?"

"처음엔 교장 선생님인 줄 알았어요. 그랬는데 방금 휴대폰 화면에 뜬 할아버지의 얼굴을 보는 순간 단번에 알게 됐어요.

어떻게 하신 거예요?"

"자동차를 팔았다."

"네? 하지만 그 자동차는… 그러니까 그 자동차를 정말 애지중지하셨잖아요."

"자동차의 이데아를 사랑했던 거지, 자동차 자체를 사랑한 건 아니다. 그리고 안뜰에서 낡아지게 내버려 두는 건 진짜 사랑도 아니지. 난 이제 운전을 할 수 없다. 그리고 네가 그 차를 모는 일은 이미 물 건너 간 거잖아, 안 그러냐? 사람은 어른이 되어야 하는 법이다, 블라드. 너도 언젠가는 운전을 하게 될 거야. 꼭 그럴 거다. 하지만 그때는 너의… 너의… 뭔가에 딱 맞는 자동차가 필요할 거야. 포르쉐가 아니라."

"하지만 할아버지, 할아버지가 한 일은… 그러니까…"

"우리 둘 사이에 무슨 긴말이 필요하겠니. 안 그러냐, 우리 손주? 지금 돈이 꼭 필요한 건 나보다는 너지. 그리고 비닐로 덮인 자동차를 볼 때마다 내가 정말로 늙었구나 하는 생각만 들더라. 그러니까 자동차를 판 것은 네가 아니라 나를 위해서였어. 게다가 자동차를 아주 비싸게 팔았단다. 그 돈으로 브리지트와 신혼여행을 갈 거야. 곧 한 번 보자꾸나."

댄스 스텝을 밟는 소리가 나더니 금세 아파서 끙끙거리는 소리가 들렸다. 우리 할아버지는 세상에서 가장 별나고 멋진 할아버지다.

"할아버지, 뭐라고 말해야 할지 모르겠어요."

"모르겠으면, 그냥 입을 다물어라."

정말이지 할아버지답다.

신혼생활은 어떠냐고 물었더니, 크게 웃으면서 첫날밤에 신부를 안고 문지방을 넘다가 허리를 삐끗한 이야기를 들려주었다. 회복하려면 물리치료를 30번이나 받아야 한다는 이야기도. 우리는 함께 웃고, 인사를 나누고, 여행을 떠나기 전에 만나기로 약속을 했다.

우리 할아버지가 J.M. 판지오.

나에게는 단 하나뿐인 챔피언이다.

실망과 희망 사이에서

마틸드

두려움은 즐거움의 일부

"무중력 상태에 있는 우주비행사!"

나는 먼지투성이인 바닥을 기어가다가 기둥을 붙잡고 몸을 일으켰다. 그리고 하늘을 향해 팔을 뻗었다. 휠체어는 연습실의 반대편 끝, 세상의 다른 쪽 끝에 있었다. 나는 날아오를 것 같은 몸짓을 하고서 휠체어가 있는 쪽을 향해 두 손으로 바닥을 밀며 앞으로 나아갔다.

"어떤 사람이 뱀의 꼬리를 밟자 뱀이 그 사람의 어깨로 기어오른다!"

뭐라고? 뱀을 밟고… 하지만… 이건.

새로 온 연극 수업 선생님은 난폭한 미치광이 같다. 아무런 준비 없이 수업에 들어와서는 그때그때 머리에 떠오르는 것을 내뱉는다. 이를테면 "오늘은 즉흥 연기 연습을 한다. 내가 지시할 때마다 30초씩 연기하면 된다."라고 말하는 거다. 그럼 우린 지시에 따라 적절한 연기를 펼쳐 보여야 한다. 그런데 실뱅 선생님이 생각해 내는 것들은 하나같이 세상에서 가장 형편없는 것들이다.

뱀의 꼬리를 밟고 지나간다니… 과연 이게 어떤 의미가 있을까?

"어서! 마틸드, 생각하지 말고 움직여!"

하늘을 향해 팔을 들고 있던 참이라 그대로 팔을 이용해 코브라 머리를 흉내 냈다. 그리고 동시에 몸의 나머지 부분, 그러니까 내 마음대로 움직일 수 있는 부분으로 굼실거리기 시작했다. 나의 몸짓이 분노와 초연함이 한데 섞인 감정을 표현할 수 있다면…! 그런데 선생님은 이런 연기가 만족스러울까?

실뱅 선생님이 손뼉을 치자 다들 다음 연기로 넘어갔다.

"뭔가를 간절히 바라지 않도록 조심해. 실망하게 될 테니까!"

선생님의 말에 몸을 일으켜 세웠다. 정말 말도 안 된다.

"잘했어, 마틸드! 그 눈빛, 그 표정, 바로 그거야! 그대로 움직이지 마."

실벵 선생님은 자기가 무슨 말을 하고 있는지 알고 있을까? 선생님의 말을 하나도 이해하지 못하는데도, 그 말을 고스란히 듣고 있다. 지시에 따라 그대로 꼼짝하지 않는다.

10분 뒤 쉬는 시간이 되었다. 실벵 선생님이 휠체어를 내가 있는 쪽으로 툭 밀어 보냈다. 나는 휠체어에 올라탔다. 마시스가 다가와서 물 한 병을 건네줬다.

"정말 멋졌어, 마틸드. 넌 늘 천재적인 생각을 해낸다니까. 어떻게 한 거야?"

작년 이맘때만 해도, 누군가 이런 순간에 비슷한 말을 했다면 나는 아마 대놓고 비웃었을 것이다. 상황에 따라서는 침을 뱉어 줬을 수도 있다.

중학교를 졸업하기까지 지난 16년 동안 나는 우울과 짜증을 달고 다녔다. 지금은 그때의 우울과 짜증을 '휠체어 잉잉'이라고 부른다. 그러다 연극을 배우게 되고, 친구들을 사귀면서 영화에 참여하고, 마시스와도 만나게 되었다. 그 뒤로 나는 자주 하늘을 나는 꿈을 꾼다. 요즘은 '날개가 있으면 다리는 없어도 되지.'라는 생각마저 든다.

그렇다고 해서 내가 저돌적인 사람이 된 것은 아니다. 지킬 박사가 하이드로 변한 것처럼 180도 바뀐 건 아니란 뜻이다. 나는 여전히 우울함에 흠뻑 젖어 있는 휠체어 타는 음산한 여자아이에다가 고약한 성미를 지닌 마틸드다. 전자는 내가 생각하는 내 모습이고, 후자는 엄마의 의견을 반영한 것이다. 그리고 나는 지금도 건강한 사람들이 우리들보다 훨씬 쉬운 삶은 살아간다고 생각한다. 내 안에는 머리로 생각하는 것과 가슴으로 느끼는 것, 간절히 바라는 것과 현실적인 제약, 갈망과 두려움이 뒤죽박죽 섞여 있다. 물론 모든 사람이 다 그렇겠지만.

연극 수업이 끝났다. 박수를 치고, 포옹을 하며 모두들 또 보자는 인사를 나누고 헤어졌다. 집에 가는 버스 안에서, 집에 도착해 저녁을 먹고 공부를 하면서, 심지어 자러 갈 때까지 실벵 선생님의 말이 머릿속에서 떠나지 않았다.

"뭔가를 간절히 바라지 않도록 조심해. 실망하게 될 테니까!"라는 말이….

뉴욕으로 여행을 떠나는 건 바로 그런 것일 테지. 나는 절실하게 뉴욕에 가고 싶었다. 마음속 깊은 곳에서 또 다른 목소리가 들려오기 전까지는 분명 그랬다.

'넌 진짜 뉴욕에 가고 싶니? 네가 뉴욕에 가는 건 달 위를 걷거나 유니콘이 엉덩이춤을 추는 마법의 나라에 가는 것과 마찬가지야!'

루와 쌍둥이 자매들이 돈이 없어서 뉴욕에 못 가게 되었다고 말했을 때, 나는 다른 아이들처럼 속상한 척했지만 속으로는 다행이라고 생각했다.

나는 부모님 없이는 절대로 멀리 떠나지 않는다. 내가 자유를 갈구하는 건 맞다. 하지만 그 자유가 비행기나 기차 화장실 칸에 갇혀 있는 것이라면, 절대로 사양이다. 예전에 아빠가 피레네에 있는 스키장에 날 데려간 적이 있다. 그때 그런 일이 나에게 벌어졌다.

"뭔가를 간절히 바라지 않도록 조심해."라는 말은 한낱 헛소리가 아니다. 어찌 보면 내 마음과 일치하는 부분이 있다. 한 번씩 엄마에게 이렇게 말하고 싶은 충동이 든다.

"엄마가 친구들에게 이번 여행은 안 된다고 말해 줄 수 있어요? 엄마가 절대 허락할 수 없다고요. 이건 안 될 일이라고요."

내가 뉴욕에 간다면, 과연 어떤 일이 벌어질까? 길거리에서 사람들이 나를 보고 비웃을까? 택시가 다니는 쪽으로 굴러 떨어지는 건 아니겠지?

휠체어를 타고 미국 여행을 가는 사람이 나밖에 없는 것도 아닌데, 머릿속은 온통 부정적인 생각뿐이다. 발끝까지 온몸이 굳을 정도로 걱정이 된다.

하, 하, 하! 발끝까지 온몸이 굳는다고 생각하다니. 가끔 난 정말 바보 같은 생각을 하곤 한다. 그러면서 나만 여행을 망설이고, 두려워하는 이 상황에 화가 치민다.

"마틸드, 지금 정신을 어디다 팔고 있니?"

이런, 수학 선생님이다. 학년 초부터 선생님은 건강한 사람들이 우리를 볼 때면, 으레 짓는 표정을 하고는 나를 바라보았다. '아픔을 겪고 있으니 얼마나 안 됐어.' 하는 눈빛을 보내는 것이다. 그리고 지금은 '저 음산한 애는 내가 물어봐도 입을 다 물고 대답하지 않겠지?'라는 짜증 섞인 표정으로 나에게 묻고 있었다.

"방금 내가 설명한 내용을 기억하니?"

난 탐험가 마틸드에요. 경이로운 기억력의 소유자죠. 뉴욕 여행에 대해 고민하면서도, 귀로는 모든 걸 들을 수 있답니다. 그리고 나는….

"어, 죄송합니다. 제가 잠시 딴생각을 했어요. 이제부터 집중할게요."

"수업을 들을 생각이 있다니 다행이구나. 확률은 중요한 부분이란다. 알고 있지?"

물론 중요하다고 생각한다. 선생님이 나를 주시하지 않도록 수업에 열중하는 표정을 지어 보였다. 그리고 수업에 관심을 가지려고 애썼다. 수업이 끝나기 5분 전부터 머릿속에 여러 가지 궁금증이 다시 생겨나긴 했지만 말이다. 그래도 이번엔 수학 이론이 혼합된 궁금증이다.

'비행기가 바다에 빠질 확률은 얼마나 될까?'

연이어서 떠오른 궁금증은 더 심각하다.

'내가 없는 동안 마시스가 다른 여자친구를 만날 확률을 얼마나 될까?'

점차 더 심각한 궁금증이 떠오른다.

'여행을 하는 중에 내가 웃음거리가 될 확률은?'

그 순간 눈부신 햇살이 내 눈을 찔렀다. 나는 고개를 들고 창밖을 바라봤다. 저 높이 푸른 가을 하늘에 비행기가 만들어 놓은 하얗고 가는 기다란 띠 모양의 자국이 보였다. 비행기의 흔적을 보는 순간, 그 많던 고민과 걱정들이 단번에 사라졌다.

그래! 나는, 우리는 뉴욕에 갈 거다!

생각만 해도 심장이 마구 뛴다. 기뻐서인지, 겁이 나서인지, 아니면 혼란스러워서인지 잘 모르겠다. 하지만 무대 위에 있을 때나 마시스의 팔에 안겨 있을 때처럼 내가 살아 있다는 느낌이 든다.

실벵 선생님이 항상 하는 말이 있다.

"두려움은 즐거움의 일부다."

그 말이 맞다.

뉴욕 여행 D-7

마음을 다스리는 나만의 방법

"사이드, 너 진심이야? 몸이 뒤틀린 애랑 그 일당과 함께 뉴욕에 간다고? 아이고, 쪽팔리게. 나한테 돈 좀 줘 봐. 그럼 믿을게."

예전 같으면 이 멍청이를 후려갈겨 앞니를 부러뜨려 놨을 것이다. 멍청한 자식을 찍소리도 못하게 만들고, 엄마 욕도 좀 해 주고, 크로마뇽인까지 거슬러 올라가 이 자식 조상들을 죄다 욕했을 것이다. 욕을 하든, 두들겨 패든, 이 자식에게 치명타를 입힐 방법을 찾아냈을 것이다. 아니다. 그런 건 다 소용없고,

얼굴 한가운데 주먹을 날려 구역질 나는 애송이의 코에서 피가 줄줄 흐르다가 턱주가리에서 애처롭게 엉겨 붙게 만들어 놓아야 속이 시원했을 것이다.

하지만 나는 달라졌다. 계속 격투기를 배우고 있지만, 이제 현실과 링을 구분할 줄 안다. 현실에서 싸우는 건 완전히 그만두었다. 사람들이 힐끔거릴 때마다 화를 내던 버릇도 고쳤다. 분노가 치솟아 오를 때마다 마음을 다스리는 나만의 방법도 터득했다.

나는 아드리앙을 노려보다가 불쾌한 생각을 지우려 다른 생각들을 떠올렸다. 이를테면 불어 선생님의 치마, 비 오는 날, 막 올라오기 시작한 여드름 같은 것들과 떠올리는 거다. 생각의 방향을 틀어 줄 만한 것이라면 아무거나 상관없다. 나는 5개월째 매일 이 녀석을 참아 내고 있다. 이번 학기가 끝날 때까지 녀석과 과제를 같이 해야 하기 때문에 사이좋게 지낼 수밖에 없다. 그래서 쉴 새 없이 지껄여 대는 이 녀석의 바보 같은 소리를 못 들은 척하려고 무진 애를 썼다.

어쨌든 나는 점차 나아지고 있다. 몸이 뒤틀린 블라드와 일당들 덕분이다. 그리고 테아 덕분이다. 작년에 테아와 시간을 보내면서 욕설이나 비아냥거리는 말 대신에 달콤하고 사랑이 넘치는 말을 생각해 내려 애썼다. 학교 최고의 문제아였던 내가 말이다.

중학교를 졸업하고 나서는 친구들을 매일 볼 수 없다. 나만 직업고등학교에 다니기 때문이다. 사실 난 열일곱 살이 되면, 더 이상 학교에 다니지 않겠다고 마음먹었었다. 대학은커녕 고등학교에 갈 마음도 없었다. 그런 내가 학교에 다니다니, 그야말로 기적 같은 일이다. 어쨌든 난 고등학교 진학에 성공했고, 현재 요리를 배우고 있다. 영화를 공부할 수도 있었지만, 영화학교의 학비가 너무 비싸서 요리를 선택했다.

내가 지금 다니는 학교는 시내 변두리에 있는 직업고등학교라서 선택의 폭이 넓지 않았다. 요리, 자동차 정비, 미용, 조향… 이런 것들 중에서 하나를 선택해야 했다. 덕분에 금세 결심을 굳혔다. 엔진에 고개를 처박고 손에 기름때를 묻히느냐 제모를 하고 매니큐어를 바르느냐 중에서 선택할 필요가 없어 참 다행이었다.

요리학교는 나를 양팔 벌려 환영했다. 나중에 레스토랑을 차릴 생각이다. 그리고 주말을 이용해 영화를 만들 것이다. 그러니까 아마추어 영화감독, 아마추어 시나리오 작가가 되는 거다. 이게 나의 또 다른 빛나는 꿈이다.

나는 아드리앙이 내민 주먹에 내 주먹을 맞부딪히며 인사를 했다.

"난 간다. 도장에 갈 시간이야. 지각을 했다간 장 코치님이 날 가만두지 않을 거야."

"사이드, 이따가 올 거지? 오늘 밤에 다들 모이기로 했어."

아드리앙의 말에 '너랑 네 친구들이랑 밤 시간을 같이 보낼 생각이 전혀 없거든.' 하고 속으로 대꾸했다.

한 사람과 만나기로 약속을 해도, 나가 보면 무리 지어 있다. 그 무리와 밤을 보내고 난 다음 날이면 백이면 백 눈이 충혈되고 목소리는 가라앉은 상태가 된다. 모임이 싫다는 얘기를 할 수도 없다. 그러면 아드리앙과 그 일당들은 나를 계속해서 괴롭힐 테니까.

효과적으로 거절할 방법을 찾았지만, 뇌가 작동하지 않는지 좋은 생각이 영 떠오르지 않았다. 기발한 아이디어가 모두 말라버린 것 같았다. 그래서 그냥 이렇게 말했다. 말하는 순간 바로 후회했지만….

"난 못 가. 내일 실기 평가가 있거든. 선생님이 아까 말해 줬어."

"지금 장난해? 실기 평가가 뭐 어떻다고?"

"쿠르부용(식초, 백포도주, 향신료, 채소 등을 넣고 만든 국물-옮긴이)이랑 버섯 다지는 걸 연습해야 해. 양송이버섯 뒥셀(곱게 다진 버섯과 양파, 허브 등을 버터에 볶아 만든 페이스트-옮긴이) 만드는 게 어렵거든."

아드리앙이 배를 잡고 웃어댔다.

"그러니까 네 말은 얌전히 집에 일찍 들어가 요리 연습을 하느라고 우리랑 같이 밤에 놀지 못하겠단 말이지? 너 좋을 대로 해. 근데 지금 바보짓을 하고 있다는 건 알아둬. 후회할까 봐 미리 알려 주는데, 오늘 토니가 아주 좋은 걸 구해 놓았다고 했으니까."

내가 별 관심을 보이지 않자 아드리앙이 담배를 꺼내는 몸짓을 해 보였다. 확실히 아드리앙은 마임에 소질이 있다.

내가 자기네들이랑 아무렇게나 늘어져 있는 것보다 '베사멜 소스를 맛있게 만들고', '양파를 능숙하게 썰고', '음식 재료를 정리'하면서 저녁 시간을 보내는 게 더 즐겁다는 것을 어떻게 하면 이 녀석에게 이해시킬 수 있을까?

자, 사이드 얼마 안 남았어. 일주일만 견디면 돼. 일주일 후엔 뉴욕의 거리를 걷고 있을 테니까. 태어나서 처음으로 비행기를 타고 내가 살던 도시를 떠나 다른 세상과 만나게 된다. 그것도 뉴욕과.

시끌벅적 뉴욕 대소동

이렌느

여행 첫날의 해프닝

출국장.

출국장-탑승 안내판.

탑승 안내판-A2번 게이트-수하물 수탁.

승강기-통로-화장실-개찰구.

짐을 싣는 카트-손에 든 가방-여권-딜랑 돌보기.

화장실-마틸드 도와주기-모두 한자리에 모으기-학부모 동의서 챙기기-탑승 안내-딜랑 돌보기-면세점을 기웃거리는 테아와 사이드 데려오기-루만 쳐다보고 있다가 하마터면 의자에 가방을 두고 올 뻔한 블라드에게 주의 주기.

승강기, 짐수레, 화장실, 짐-마틸드를 데리고 들어가기-화장실 앞에서 아이들 모으기….

해야 할 일들로 머릿속이 뒤죽박죽돼서 아무런 생각도 나지 않았다.

"모두 하던 일을 멈추고 내가 있는 곳으로 모여!"

느닷없는 고함 소리에 아이들이 깜짝 놀라 쳐다봤다. 이렇게 소리를 지르는 건 처음 있는 일이다.

지난 1년간 통합교육반의 학교생활 도우미 선생님으로 일했다. 좀 더 정확하게 말하자면 1년 동안 이 아이들의 엄마, 친구, 간호사, 심리상담사, 언니, 누나, 조언자, 동행자, 비서, 중재자 역할을 하면서 비밀까지 털어놓는 사이가 되었다.

어른들 중 누가 뉴욕에 함께 갈지 결정해야 하는 순간에 아이들이 자신을 생각해 낸 것도 이런 이유에서다. 사실 "우리 부모님은 절대 안 돼!"라고 한 사람씩 돌아가면서 외친 끝에 자신이 보호자로 결정된 것은 비밀 아닌 비밀이다.

아이들의 요청을 받아들인 데는 여러 가지 이유가 있었다. 여행을 무척 좋아하고, 자신의 일에 대체로 만족하고 있고, 무엇보다 이 아이들을 좋아하기 때문이다. 게다가 블라드, 마틸드, 딜랑에게 필요한 것이 무엇인지 아주 잘 알고 있기 때문에 학교를 벗어난다고 해서 아이들을 돌보는 일이 더 까다로울 것 같지 않았다.

대망의 뉴욕 여행 첫날, 부모님들과는 역에서 만나 인사를 나누고 헤어졌다. 역에서 마틸드가 탈 휠체어를 찾고, 여행 가방을 열차에 싣고, 아이들을 챙겨 자리에 앉힌 다음 샌드위치를 나눠주고, 딜랑을 보살폈다. 열차에서 내려서는 다시 다른 휠체어로 바꾼 다음 오를리발(파리 시내와 파리 오를리 공항을 연결하는 경전철-옮긴이)을 타고 공항에 도착해 터미널로 향했다.

머리에 과부하가 걸릴 조짐을 보인 것은 바로 거기서부터다. 뭔가 빠뜨린 게 없나 하나하나 주의 깊게 살피면서 처리해야 했던 어마어마하게 많은 일들 때문이 아니다. 이건 전적으로 교장 선생님 때문이다.

플라샤르 선생님은 이번 학기부터 교장으로 승진했다. 교장 선생님이라고 부를 때마다 자꾸 딱딱한 호칭 말고, 이름으로 불러 달라고 한다. 드라마 속 악역이 지을 법한 미소를 짓고, 우스꽝스러운 수염이 난 채로 "나를 프랑수아라고 불러 주세요,

이렌느 선생님."이라고 말한다.

여행 준비를 위한 모임에서 교장 선생님은 이번 뉴욕 여행에서 꼭 필요한 또 다른 동반자는 '반드시 학교에 근무하는 사람, 학교에서 권위가 있는 사람, 아이들을 잘 아는 사람'이어야 한다고 주장했다. 그러면서 교장 선생님 본인이 적임자라고 우겨댔다. 결국 교장 선생님이 뉴욕 여행에 동행하게 되었다.

중학교 선생님들 사이에서 교장 선생님은 특이한 사람으로 정평이 나 있다. 예상치 못한 돌발 행동을 자주 하기 때문이다. 너무 지나친 열정이 문제가 될 때도 있다. 그런데 어떤 사람이란 걸 알고 있고, 백번 양보해서 이런 여행이 처음이란 걸 감안하더라도 교장 선생님의 행동은 예상을 크게 벗어나는 것이었다. 상식 밖의 모습에 떠오르는 말은 딱 하나였다.

"엉망이군."

출발하기 전에 교장 선생님은 이번 여행의 모든 관리와 책임을 자신에게 맡겼다. 마치 한 번도 비행기를 타 보지 않은 사람 같았다. 선생님은 챙겨야 할 것들에 대해 끊임없이 질문을 해댔다. 딜랑만큼이나 많은 질문과 감탄을 내뱉었다.

그런 교장 선생님을 보며 부모님이 키우는 스패니얼 종인

봄이 자꾸 떠올랐다. 의자에 앉으면 쓰다듬어 달라고 애원하는 눈빛으로 무릎에 주둥이를 올려놓는 개. 왜 봄이 생각날까?

내지른 소리에 아이들이 모여들었다. 눈물을 글썽이는 딜랑을 보자 후회가 말려왔다.

"이렌느 선생님, 괜찮아요? 우리가 도울까요?"

루가 물었다.

사실 별로 도울 일이 없다. 짐은 모두 맡겼고, 승무원에게서 제일 먼저 탑승하라는 확답도 받아 놓은 참이다. 마틸드의 휠체어를 화물칸에 싣기 전에 비행기 안에서 타고 다닐 기내용 휠체어도 이미 얘기해 두었다. 다 끝났다. 기다릴 필요가 없다. 그런데…

"교장 선생님! 교장 선생님은 어디 계시지?"

아이들이 주변을 두리번거렸다. 조금 전만 해도 교장 선생님은 딜랑과 함께 있었다. 그런데 눈 깜짝할 사이 말도 없이 사라져 버린 것이다.

탑승구 앞에서 승무원이 안내 방송을 시작했다. 스피커에서 승무원의 상냥한 목소리가 흘러나왔다.

"런던으로 가는 743 여객기를 타실 탑승객 여러분은 B6 게

이트로 오시기 바랍니다. 가장 먼저 탑승할 승객은…."

안내 방송에 당황해서 땀이 나기 시작했다. 제일 먼저 탑승해야 하는데, 교장 선생님이 없다. 이 사태를 해결할 방법이 뭐지?

"우리 가야 하는 거 아니에요? 저 누나가 우리를 부르잖아요."

딜랑이 물었다.

정신없는 와중에도 딜랑이 우선 탑승을 알아들은 게 대견하다는 생각이 들었다. 하지만 그 순간 딜랑의 몸이 앞뒤로 살짝 흔들리고 있다는 걸 알아차렸다. 불안을 느끼고 있다는 신호였다. 딜랑이 발작을 일으키지 않아야 할 텐데….

"교장 빼고 먼저 타요?"

주변을 살피던 사이드가 걱정스러운 표정으로 말했다.

"교장이 아니라 교장 선생님!"

딜랑이 어김없이 고쳐 말했다.

벌써 꽤 많은 사람들이 탑승구 앞으로 몰려들었다. 승무원은 우리가 빨리 탑승하기를 기다리고 있는 눈치다.

"교장 선생님은 곧 올 거야."

망설임 끝에 아이들을 이끌고 승무원이 있는 곳으로 갔다.

'승무원에게 방송을 해 달라고 하면 어떨까?'

좋은 생각이다. 아마도 '프랑수아라는 이름의 어린아이를 찾습니다!'라는 내용으로 안내 방송이 나갈 테지.

어이가 없어서 웃음이 나왔다. 불안하고 걱정이 되는 상황에도 말이다. 교장 선생님은 곧 나타날 것이다. 화장실에 갔거나 학교에 해결해야 할 중요한 문제가 생겨서 잠시 사라진 것뿐이다. 분명히 그럴 거다.

"얘들아, 마시멜로 사 왔어!"

그때 갑자기 불쑥 나타난 교장 선생님이 아이들에게 봉지를 내밀며 말했다.

"즐거운 여행에는 당연히 마시멜로가 있어야지!"

어리둥절한 표정을 짓고 있는 아이들 앞에서 당당하게 자신의 신조를 밝히면서 말이다.

물론 마시멜로를 캠프파이어에서만 구워 먹으란 법은 없다. 비행기 안에서도 먹을 수 있다. 하지만….

별안간 아버지가 말해 주었던 봅의 이야기가 떠올랐다. 아버지가 키우는 하얗고 검은 무늬가 있는 커다란 개, 봅은 공을 물어 오라고 해도 가만히 앉아 있거나 공을 쫓아 달려갔더라도 아무것도 물어 오지 않고 그냥 돌아온다고 했다. 그러면서 이렇게 말했다.

"봅은 착해. 성질부리는 법이 없지. 영리하지 못해서 더 착한 건지도 몰라."

블라드

뉴욕행 비행기 안에서

이제 다 됐다.

더 이상 뉴욕과 우리 사이에 별다른 문제가 없다. 5,000킬로미터를 날아가는 일과 구름 속을 통과하는 일, 구역질 나는 기내식을 먹는 일만 빼면 말이다.

내 자리는 사이드와 루 사이에 있다. 세상에서 가장 좋은 자리다. 제일 좋은 친구와 사랑하는 사람 사이에 있으니까. 한쪽에는 곱슬머리가 다른 한쪽에는 축축한 손이 있다. 비행기를 무서워하는 루의 손이 땀으로 축축하다.

"루는 잠들었어?"

사이드가 물었다.

"깨어 있으면서 코를 고는 게 아니라면 잠든 게 확실해. 다행이야. 비행기가 이륙한 뒤로 어찌나 불안해하며 손을 덜덜 떨던지 내 무릎이 짓뭉개지는 줄 알았어."

"블라드, 우리가 뉴욕에 간다는 게 믿어져? 지금 난 왕자가 된 기분이야. 뉴욕도, 다 같이 가게 된 것도 좋지만… 너랑 함께여서 정말 기뻐. 더 이상 바라는 게 없을 정도야."

"하늘 높이 올라오니까 로맨틱해졌구나."

"입 닥쳐. 곱슬머리 맛 좀 볼래?"

사이드의 말에 나는 고개를 흔들었다.

"아니, 됐어. 우리 엄마가 훈제 연어, 호두, 염소젖 치즈를 넣은 샌드위치를 만들어 줬어. 그걸 가지고 세관 검색대를 통과했다고. 그러니까 고맙지만 사양하겠어."

"흥! 입맛 한번 고급이네."

나는 나를 놀릴 때의 사이드를 좋아한다. 그럴 때면 나한테 장애 같은 건 없는 것처럼 느껴진다. 사이드는 보통 아이들이 친구들한테 하듯이 나를 대한다.

우리 앞에 앉은 딜랑은 거의 미쳐가고 있는 것처럼 보였다. 딜랑은 우리가 너무 높이 떠 있고 너무 빨리 가고 있다고 생각하는 것 같다. 교장 선생님이 딜랑의 손을 꼭 잡아 주면서 자신이 어린 시절 경험한 이야기를 들려 주며 딜랑을 달랬다. 선생님은 다섯 살 때 비행기 조종사인 삼촌 덕분에 조종석에 앉아 볼 기회가 있었다고 한다. 그러니까 조종사의 조카가 타고 있는 비행기는 절대로 떨어질 수가 없다는 것이다. 참 과학적인 논리다. 그러면서 딜랑의 입에 마시멜로를 가득 넣어 주었다. 마시멜로를 먹은 딜랑의 표정이 한결 편안해 보였다.

뒤이어 우리의 친애하는 교장 선생님께서는 딜랑에게 긴장이 풀리도록 만화 영화를 보자고 했다. 딜랑이 아니라 본인의 긴장을 풀기 위해서인지도 모른다. 분명 교장 선생님의 인내심은 한계에 이르렀을 것이다. 지금 딜랑은 154번째 질문을 하고 있는 참이다. 대충 이런 식이다. "왜 춥지 않아요?" "왜 저 아줌마는 구명조끼를 입겠다고 말했어요?" "왜 땅콩 냄새가 나요?"

사이드가 내 귀에 대고 속삭였다.

"너 교장이 태블릿으로 몰래 보고 있는 것이 뭔지 알아? 청소년 드라마야. 내 여동생도 유치하다고 안 보는 거."

"알아, 〈패션 하이스쿨〉이잖아. 하하, 저걸 보면서 학창 시절을 추억하는지도 몰라."

"내용이 형편없어. 내가 발로 써도 저것보다는 잘 쓸 거야."

"치어리더인 말라는 머리를 탈색한 야구선수 칼톤을 좋아하지. 하지만 칼톤은 데이지를 좋아해. 데이지는 연기 선생님 딸이야."

"잠깐만, 내가 그다음 내용을 말해 볼게. 말라는 두 사람을 떼어놓으려고 일을 꾸미지. 그런데 말라의 계획대로 사건이 흘러가지 않아. 학교 축제가 시작되는 날, 말라는 웃음거리가 돼. 모두가 말라에게 등을 돌리고 혼자 남게 되는 거지."

"그리고 바로 그 순간 그녀의 이복동생 킴이 나타나는 거야."

"우리 진짜 작가 같다. 대단하지 않아?"

"으음, 어떤 의미에서 더 대단하지."

우리는 숨이 넘어가라 웃었다.

교장 선생님의 눈에 눈물이 그렁그렁 맺혔다. 태블릿 화면에는 석양을 배경으로 두 남녀가 열렬하게 키스를 나누는 장면이 나오고 있었다.

"저것 좀 봐, 블라드. 배우들 연기가 정말 형편없어. 키스를 입술 옆에다 하고 있잖아. 가짜라고 아주 광고를 하네."

그때 옆에서 자던 루가 자기 코 고는 소리에 놀라 잠에서 깨 벌떡 일어났다. 그러더니 머리를 내 어깨 위에 얹고는 다시 잠이 들었다. 사랑스러운 루의 모습에 완전히 녹아내릴 지경이다. 이륙할 때부터 계속 잡고 있는 루의 손을 끌어낭겨서 손 전체에다 뽀뽀를 했다. 사이드가 그러는 나를 놀렸다.

"머저리처럼 보여?"

"응, 하지만 가짜가 아니라 진짜네."

우리는 태평양 위를 날고 있다. 이제 4시간 30분 남았다.

너무 흥분돼서 잠이 오지 않는다.

딜랑은 태블릿 위에 엎드려 자는 교장 선생님에게 기대어 잠이 들었다.

내 왼쪽 어깨는 사이드의 베개가 되고, 오른쪽 어깨는 루의 베개가 되었다. 꼼짝도 할 수 없지만, 최고로 행복하다.

드디어 뉴욕에 왔다!

세상에 맞춰야 하는 여행

삶이 블라드가 만든 영화처럼 흘러간다면 지금 이 순간이 어떤 장면과 비슷한지 알겠다.

셔틀버스에서 내려 공항 건물 앞에 섰다. 버스 문이 닫히고 슈우웅 소리를 내며 버스가 떠났다. 거대한 콘크리트 건물 앞에 우리만 덜렁 남았다. 모두의 얼굴에는 설렘과 어색함이 섞인 미소가 떠올라 있었다.

그때 어디선가 음악소리가 터져 나왔다. 귀를 사로잡는 기타 소리가 흥겨운 곡으로 춤을 추고 싶어지는 노래이다. 텔레폰이라는 그룹이 불렀던 〈너와 함께 뉴욕에 New York avec toi〉라는 노래인 것 같다. 아직까지 이 노래를 듣는 사람은 우리 부모님 밖에 없을 테지만.

머리 위로 달린 '소리 없는 외침에 손을 내밀어 주세요.'라고 적혀 있는 광고판을 지나 공항으로 들어갔다. 출발이다!

간주가 끝나고 다시 노래가 시작되었다.

언젠가 난 너와 함께 뉴욕에 갈 거야.

교장 선생님의 트렁크가 열리고 가방에 있던 화려한 색깔의 팬티들이 바닥을 수놓았다.

영화를 전부 다 보는 거야, 당연하잖아.

이렌느 선생님이 내민 한 무더기의 여권을 보고 공항 직원이 깜짝 놀라서 우릴 쳐다봤다.

함께하는 삶을 살고,

딜랑이 환하게 미소 지었다.

낡은 호텔에서 자고

컨베이어벨트 위에 있는 우리 짐이 멀어졌다. 딜랑은 컨베이어벨트를 타고 싶다고 졸라댔다. 딜랑의 돌출 행동에 짜증을 내는 사람도 있고, 재미있어하는 사람들도 있고, 안쓰럽게 바라보든 사람도 있었다.

탑승 시간이 되길 기다리는 중에도 음악은 계속 흘러나왔다. 나는 사진을 찍었다. 기념품 가게에서 모자를 써 보는 사이드, 뉴욕행이라고 쓰인 표지판 앞에서 셀카를 찍는 블라드와 사이드, 휠체어로 댄스 스텝을 살짝 따라 하는 마틸드, 콜라 캔하나를 가지고 싸우는 테아와 샬리의 모습을 찍었다. 카메라에찍히고 있다는 사실을 알아챈 순간, 싸움을 멈추고 동시에 렌즈를 향해 윙크하는 테아와 샬리의 모습도 찍었다.

노래는 벌써 후렴에 접어들었다. 모두 당황해서 서둘렀다.

언젠가 그곳에 갈 거야.

이렌느 선생님은 교장 선생님을 찾아 두리번거리면서, 블라드와 사이드는 누가 빨리 도착하는지 내기를 하면서, 마틸드는 황금빛 피부의 잘생긴 남자가 밀어 주는 전동 휠체어를 타고서 탑승구로 향했다.

휠체어가 우리를 지나칠 때 마틸드가 손 키스를 날리더니, 손으로 부채질을 했다. 그 모습을 본 승무원이 미소를 지었다. 블라드는 누구도 흉내 낼 수 없는 그만의 걸음걸이로 기내 통로를 걸어갔다.

네 안에 도시의 심장이 뛰고 있는지 봐─그리고 너는 나를
데리고 가겠지!

비행기가 이륙했다!

다음에 찍을 사진에는 비행기의 둥근 유리창을 통해 한눈에 들어오는 도시 풍경과 자유의 여신상, 높은 빌딩들을 홀린 듯 쳐다보는 우리들의 얼굴이 있겠지. 기타와 아코디언이 어우러진 음악이 멈추지 않고 흘러나오는 동안 우리가 탄 택시가 브루클린 다리를 가로질러 호텔 앞에 도착하는 거야. 호텔 도어맨이 택시 문을 열어 주겠지. 노래의 마지막 구절이 흐르는 순간 우린 맨해튼 한복판에 있게 될 거야.

물론 전부 상상일 뿐이다.

아마도 아트 가펑클의 〈어 하트 인 뉴욕 A Heart in New York〉이나 빌리 홀리데이의 〈오텀 인 뉴욕 Autumn in New York〉처럼 아주 느린 노래들이 배경 음악으로 깔릴 것이다. 사실을 말하자면 아빠가 제목에 '뉴욕'이 들어가는 노래를 모아서 내게 특별한 플레이리스트를 만들어 주었다. 대단한 것은 아니지만 정말 고마웠다.

하지만 현실에서 20시간에 달하는 이동 중에 매력적인 사건이 일어날 가능성은 거의 없다. 삶은 영화가 아니니까. 단지 몇 차례 미친 듯이 웃고, 각자 자기 나름대로 익살을 떨고, 재미있고, 불안하고… 그게 전부다.

모든 게 느리기만 하다.

아주 느리다.

끔찍할 정도로 느리다.

셔틀버스를 포함해 열차를 타고 공항에 도착하기까지 두 시간이나 걸렸다. 다시 세 시간을 기다려 런던행 비행기를 탔고, 한 시간을 날아서 런던에 도착해 지금은 뉴욕행 비행기를 기다리고 있다.

아! 제길, 안 돼! 뉴욕으로 출발하는 비행기가 지연됐다는 알림이 떴다. 내일 아침 6시에 출발한다고 한다.

공항의 긴 의자에 누워 조금이라도 눈을 붙여 보려 애를 썼지만, 스피커를 통해 안내 방송이 흘러나올 때마다 잠에서 깼다. 어디로 가야 하는지를 알려 주기를 기다리면서 우리는 공항 대합실에서 참고 견뎠다.

그러다 갑자기 전력 질주해서 공항을 가로질러 가야 하는 일이 생겼다. 게이트 C가 아니고 게이트 B란다.

일행 중에 걸음이 느린 사람이 있기 때문에 긴장하며 서둘러 가야 하는데도 우리 발걸음은 중간중간 뚝뚝 끊겼다. 그래서 장애인과 함께 여행한다는 것이 만만치 않은 일이라는 걸 깨달았다.

물론 역에, 열차 안에, 공항에, 비행기 안에 '거동이 불편한 이용자들을 위해 모든 시설이 마련'되어 있다. 실제로 모든 시설에 장애인을 비하하지 않고 바르게 부르는 말로 적혀 있었다. 하지만 모든 게 끝도 없이 복잡하고 까다로웠다. 찾고, 물어보고, 기다리고, 제출하고, 아니라고 주장하고, 때로는 강력히 요구해야 했다.

"이런 거야. 우린 늘 세상에 맞춰야 해. 세상에 맞서면 정말로 시간이 많이 걸리거든."

내가 세 번째로 마틸드와 함께 화장실에 갔을 때 마틸드가 웃으며 말했다.

마틸드는 대단한 것 같다. 긴 머리가 얼굴을 가려 여전히 음침해 보이기는 하지만, 마틸드는 일 년 사이에 정말 많이 변했다. 연극을 배우기 시작했고, 잘생긴 마시스랑 사귀게 되었고, 요즘은 늘 웃고 있다.

마틸드가 약한 모습을 보인 적이 있다는 건 나만 아는 비밀이다. 우리가 여행을 준비하고 있던 어느 날 저녁에 나는 마틸드가 완전히 굳어져 석상이 된 것 같다고 느낀 적이 있다. 하지만 내가 느낀 것을 아무에게도 말하지 않았다.

"그런데 너 이거 봤어?"

노트북을 무릎에 올려놓고 ESTA(Electronic System for Travel Authorization, 미국의 전자여행허가제로 단기 여행 시 무비자로 미국에 입국하는 시스템)의 질문 내용을 채우고 있었는데 마틸드가 갑자기 외쳤다.

"'당신은 신체적, 정신적인 장애를 가지고 있습니까, 마약을 합니까, 콜레라, 디프테리아, 페스트에 걸렸습니까?' 이 사람들이 지금 장애인을 페스트 환자하고 똑같이 취급하는 거지? 지랄하고 있네!"

마틸드의 화를 풀어 주느라 〈미국에 간 시프리엥〉이라는 비디오를 봐야 했다. 결국 우리는 영사관에 전화를 걸었다. 영사관 직원은 조금 당황하기는 했지만, 입국 허가를 받고 싶거든 '아니오'라고 답해야 한다고 설명해 주었다. 전화를 한 보람이 있었다.

이런저런 일을 겪었지만 우리를 미국으로 데려다 줄 런던 발 뉴욕행 비행기에 오르고 나자 마틸드는 나보다 훨씬 더 편안해했다. 마틸드가 어떻게 늘 편안하고 활기 넘치는 상태를 유지하는지 모르겠다.

비행기에서 난 기절하듯이 잠이 들었다. 그리고 그 일은 내 인생에서 가장 부끄러운 사건으로 기억될 것이다. 어찌나 크게 코를 골았던지 내 코 고는 소리에 화들짝 놀라 잠을 깰 정도였다. 그런데 그것도 모자라… 안 돼! 차마 내 입으로 말을 못 하겠다.

"괜찮아. 그렇게 부끄러워할 게 뭐 있어? 난 화장실에 갈 때마다 승무원에게 꼬박꼬박 부탁을 해야 하는데, 그것에 대해 불평할 수도 없다고."

마틸드가 내게 말했다.

잠에서 깨어나 보니, 내가 블라드의 어깨에다 뺨을 딱 붙이고 잠들어 있었다. 그 탓에 블라드의 옷에 내 입술 자국이 선명하게 찍혀 있었다. 그런데 남은 건 입술 자국만이 아니었다. 입술 자국과 연결된 길고, 뭔가가 흐른 흔적.

창피, 수치, 굴욕, 모욕, 불명예. 사전에서 '부끄러움'과 비슷한 온갖 말들이 머릿속에서 떠다닌다.

이렇게 실생활에서 여행은 길고, 불편하다. 전혀 예상치 못한 우발적인 사건으로 인해 괴로움에 몸부림칠 수도 있다. 하, 하, 하. 어쨌든 나는 블라드를 똑바로 볼 수가 없다. 나 때문에 블라드가 불편한 기색을 보인 건 아니다. 다만 조금도 불편한 기색을 보이지 않으니, 오히려 내가 불편할 따름이다. 뭐, 그렇다는 얘기다.

우리 좌석은 중앙 통로에 있었다. 그래서 비행기가 착륙할 때도 우리는 비행기의 둥그런 창을 통해 아무것도 볼 수 없었다. 게다가 장애인 승객을 맨 나중에 내리게 하는 항공사의 규칙에 따라 우리는 승객들이 모두 내릴 때까지 자리에 가만히 앉아 기다려야 했다.

공항에 들어서자 입국 심사대 앞에 늘어선 어마어마한 대기 줄이 보였다. 장애인이든 아니든 심사대를 통과할 때까지 몇 시간이고 참고 기다려야 하는 상황이었다. 세관에 신고할 것이 전혀 없는데도 그랬다.

그런데 입국 심사관은 우리를 곁눈질하면서 사이드의 여권을 17번이나 다시 읽었다.

"우리 부모님은 리모주에서 태어났어요."

사이드가 도저히 흉내조차 낼 수 없는 영어로 겨우 떠듬거리며 말했다.

"리모주, 유 노우? 프랑스의 시골. 그리고 아이 엠 인 몽트뢰이으에서 태어났어요. 아이 엠 완전히 프랑스 사람. 어, 그러니까… 교장 선생님!"

휴대폰으로 공항 사진을 마구 찍어 대던 교장 선생님이 하던 일을 잠시 멈추고선 사이드를 대신해 '영어'로 입국 심사관에게 설명하기 시작했다.

"선생님이 지금 비밀 언어로 말하는 거 아니지?"

내 등 뒤에서 속삭이는 테아의 말에 마틸드가 웃음을 터뜨렸다. 입국 심사관이 무슨 상상을 하는지 모르겠지만, 나는 그가 몰래 카메라를 찾는 것처럼 주변을 살피는 모습을 보았다. 심사관은 교장 선생님이 무슨 말을 하는지 도무지 이해하지 못하는 눈치다. 교장 선생님은 계속해서 "위, 노노, 예스! 필름, 시네마 콤퓨티에숑 원! 원!"라는 말만 되풀이하고 있었다.

어쨌든 교장 선생님이 끼어드는 바람에 긴장된 분위기가 풀리고, 입국 심사관들은 사이드의 구릿빛 피부와 곱슬머리 때문에 발동한 경계심을 거두었다. 그리고 한참 만에 "웰컴 투 뉴욕!"이라고 말하며 우릴 통과시켜 주었다.

하지만 기다림은 이게 끝이 아니었다. 우리는 택시 정류장에서 다시 긴 줄을 서야 했다. 휠체어를 실어야 해서 밴을 탔다. 교통 체증이 심해 도시로 들어가기까지 한 시간이 넘게 걸렸다. 브루클린 다리 대신에 끝도 없이 긴 터널을 지나가야 했기 때문에 지루함은 배가되었다.

우리가 호텔에 도착한 시간은 현지 시간으로 낮 12시쯤이었다. 집을 떠난 지 24시간이나 지난 때였다. 호텔은 그저 그렇다. 하얏트 호텔도 아니고 리젠트 호텔도 아니다. 별 볼 일 없는 거리에 있는 그다지 쾌적하지 않은 건물이다. 건물에는 이매진 호텔이라고 쓰여 있었다. 우리를 맞이한 나이 지긋한 호텔 직원의 말에 따르면 가수 존 레논이 아주 오래 전에 여기서 반나절을 머물렀기 때문에 붙여진 이름이라고 한다.

그리고 난 완전히 지쳤다. 개 같은 기분이다. 내 남자친구를 포함해서 모두가 짜고 날 놀리는 것만 같았다. 겨드랑이에서는 사막여우가 떼죽음을 당할 만큼 역겨운 냄새가 났다. 쉬고 싶단 생각뿐인데, 지금은 자러 갈 시간도 아니다.

으음, 어쨌든 난 뉴욕에 와 있다. 진짜 뉴욕이다!

게다가 여긴 너무 커서 우린 금세 잊어버릴 거야

나의 집은, 너의 집은, 그러니까 우리 집은 어디에도 없어!

잠결에 부른 이름

이매진 호텔의 패밀리 스위트룸은 침실이 두 개였다. 작은 방에는 싱글 침대 하나와 이층 침대가 있고, 큰방에는 퀸사이즈 침대가 있었다. 작은방의 이층 침대를 테아와 샬리가 쓰고, 싱글 침대를 루가 쓰기로 했다. 퀸사이즈 침대는 내 차지였다. 그런데 이렌느 선생님이 쓰기로 한 소파베드에 문제가 생겼다. 소파를 펼치자 불길하게 삐걱대더니, 곧 벼락 치는 소리가 났다.

"앤 살아 있어!"

루가 공포 영화의 여주인공 같은 표정으로 소리쳤다.

모두가 큰 소리로 웃었다. 살아 있든 아니든 스프링이 망가진 소파베드에서 잠을 잘 수 없다는 사실은 분명했다.

"아무래도 너랑 한 침대에서 자야 할 것 같구나."

이렌느 선생님의 말에 나는 아쉬움을 참고 토라진 사람처럼 소리를 질렀다.

"뭐라고요? 내 공주 침대를 함께 쓰자고요? 어림도 없어요!"

다시 다들 배를 잡고 웃어댔다. 우리 아빠라면, '이가 득시글거릴 것 같은 호텔'이라고 말할 게 분명한 이 숙소에 온 뒤로, 우리는 작은 것 하나에도 데굴데굴 구를 정도로 웃고 있다. 마치 '이미 벌어진 일인 걸. 이런 걸로 울 수는 없잖아.'라고 스스로에게 다짐하는 식이다.

"수도꼭지에 손가락이 들어가서 안 빠져요."

욕실에서 샬리가 소리쳤다.

"창문이 안 열려요."

잠시 후에 테아가 말했다.

"괜찮아. 그런 일쯤 아무것도 아니야. 근데 콘센트는 제대로 작동할까?"

휴대폰을 충전하려던 루가 물었다.

블라드와 사이드는 국제 청소년 단편영화제가 열리는 밤까지 뉴욕에 체류할 모든 경비를 부상으로 받았다. 영화제에서 블라드와 사이드가 만든 영화가 상영될 예정이다. 두 사람만 뉴욕에 왔다면, 아마도 꽤 괜찮은 호텔에 묵을 수 있었을 것이다.

우리 모두를 뉴욕에 데려오기 위해 교장 선생님 나름대로 많은 고충이 있었다는 걸 안다. 빠듯한 예산에서 휠체어를 타는 사람을 포함해 도합 여덟 명이 머물 숙소를 구하는 게 쉽지 않다는 것도 안다. 그럼에도 이매진 호텔은 뭐랄까? 끔찍하게 나쁘지 않은 호텔이다.

"나는 허름하다는 형용사가 딱 어울린다고 생각해."

루가 말했다.

"더러운은 어때?"

테아가 말했다.

"캉틴−플롱제아스."

샬리가 딱 잘라 말했다.

"미안하구나, 얘들아. 내 잘못인 것 같아. 다른 방을 달라고 말해 볼게. 아니면….."

이렌느 선생님이 말했다.

"무슨 소리예요? 나는 우리 방이 정말 좋아요. 냄새, 빛, 경치 모두 다요. 잘 찾아보면 바퀴벌레도 있을 거예요. 분명해요."

루가 말했다. 나 역시 루의 말을 거들고 나섰다.

"나 바퀴벌레 좋아해. 난 늘 바퀴벌레를 키워 보고 싶었다고."

그러자 쌍둥이 자매들이 입을 모아 말했다.

"우리 여기서 살자! 완벽한 방이야."

잠시 후 그다지 깨끗하지 않은 욕실에서 우리는 이를 닦고, 대충 세수를 하고, 각자 침대에 누웠다. 그런데 루가 갑자기 벌떡 일어나 앉으며 외쳤다.

"앗! 블라드!".

"무슨 일이야? 네 이불 속에 블라드가 숨어 있기라도 한 거야?"

테아가 물었다.

"아니, 그게… 자기 전에 복도에서 만나기로 블라드랑 약속했거든."

루는 잠시 망설이더니, 도로 침대에 누웠다.

"어쩔 수 없지. 피곤해 죽을 거 같아. 내일 만나 얘기하지, 뭐."

몇 분 지나지 않아 옆방에서는 세 사람의 규칙적인 숨소리가 들렸다. 쌍둥이 자매와 루가 잠이 든 모양이다. 이렌느 선생님과 나는 커다란 침대 위에서 이리 뒤척 저리 뒤척 하면서 쉽게 잠을 이루지 못하고 있었다.

한참을 그러고 있자니, 어렸을 때 사촌인 마리옹과 낮잠을 자던 일이 떠올랐다. 잠이 오지 않을 때 단 하나의 해결책은 수다를 떠는 것이다.

"마틸드, 자니?"

"네, 선생님은요?"

웃음이 터졌다.

선생님과 어두운 데서 수다를 떨다 보니 정말로 친구나 사촌과 같이 있는 기분이 들었다. 우리는 시시콜콜한 것까지 다 얘기했다. 교장 선생님, 블라드와 사이드, 뉴욕, 앞으로의 일정까지 모든 것이 이야깃거리였다. 이렌느 선생님은 내게 학교 일을 이야기하고, 나는 당연히 연극 수업에 대해 이야기했다. 잘

생긴 마시스 이야기도 했다.

"선생님은 남자친구가 있어요?"

사실 우리의 예전 도우미 선생님은 개인적인 이야기는 많이 하지 않았다. 그러고 보니 여태껏 선생님의 개인사에 대해서는 물어본 적이 한 번도 없는 것 같다.

"나는… 으음… 아니, 없어."

나는 이렌느 선생님이 이상하게 망설인다는 느낌을 받았다. 좀 더 물어보려는 찰나에 선생님이 얼른 다른 이야기를 꺼냈다. 커다란 컵라면 이야기다.

"남자애들이 자러 가기 전에 중국식 누들을 사 왔다더라."

뭔가 수상하다. 남자친구 이야기를 피하고 싶은 것 같았다. 이유가 뭘까? 남자친구가 없다는 게 창피한 일도 아닌데.

"자, 우리도 그만 자야지. 잘 자렴, 마틸드."

이렌느 선생님이 잘 자라는 인사를 하고는 돌아누웠다. 조금 있으니 가볍게 코 고는 소리가 들렸다.

다들 잠이 들었는데, 나만 눈을 말똥말똥 뜨고 누워 있었다. 어떻게 흘러갔는지도 모르게 정신없이 지나간 오늘 하루를 돌이켜봤다. 공항이나 기내에서 짧지 않은 기다림이 있었지만,

결국 우리는 뉴욕에 왔다. 모든 게 멋지고, 모든 게 크고, 모든 게 특별했다. 그런데….

내가 남자친구가 있냐고 물었을 때 선생님이 보였던 반응이 계속 마음에 걸린다. 차마 말할 수 없는 뭔가가 있는 것 같다.

이렌느 선생님은 자면서 심하게 움직였다. 작은 소리로 투덜대기까지 한다. 운이 없게도 나만 잠들지 못하고 뜬눈으로 밤을 지새우고 있다. 부디 이렌느 선생님이 몽유병자가 아니기를 바랄 뿐이다.

"파아아… 음냐, 음파아….”

선생님은 계속해서 몸을 뒤척이면서 잠꼬대를 했다. 두서없는 웅얼거림 가운데 한 단어가 분명하게 귀에 걸렸다.

"프랑수아.”

프랑수아…? 프랑수아가 누구더라?

어디서 들어본 듯한 이름에 고민하다가 번개처럼 스친 생각에 정신이 번쩍 들었다. 지금 내가 꿈을 꾸고 있는 게 아니라면, 잘못 들은 게 아니라면 방금 이렌느 선생님은 교장 선생님의 이름을 말했다.

'프랑수아 플라샤르'

뭐지? 어떻게…?

아! 망설였던 거 하며, 말꼬리를 흐리던 거 하며… 그래서 그랬구나! 어떻게 그럴 수 있는지, 왜 그런 건지 이해가 되지 않지만 나는 확신했다. 이렌느 선생님은 예전 우리 교감 선생님을 좋아하고 있는 것이다!

자동차 소음에 네온의 깜박거림이 박자를 맞추는 뉴욕의 밤, 나에게 기가 막힌 아이디어 하나가 떠올랐다. 그 생각은 점점 더 구체화되어, 잠이 들 때쯤 마키아벨리도 혀를 내두를 만한 작전이 완성되었다.

블라드

12층과 14층 사이에서

복도의 더러운 양탄자 위에 서서 루를 기다리고 있다. 밤새 한숨도 자지 못했다. 파란색 바탕에 흰 별이 그려진 오늘의 모니크에 몸을 기대고 버텨 보려 애써 보지만, 별 소용이 없었다. 너무 피곤해서 제대로 서 있지 못하고 자꾸 비틀댔다.

어젯밤에 우리는 호텔 14층 복도에서 만나기로 약속을 했다. 14층이라곤 하지만, 사실은 13층이다. 12층 바로 위층이니까. 하지만 엘리베이터에 13이라는 숫자는 없다. 12 다음에 바로 14로 건너뛴다. 미국 사람들이 13이라는 숫자를 아주 싫어

한다는 사실과 연관 지어 생각할 때, 이건 아주 미국다운 방식이다. 한마디로 우리는 여기 없는 층에 묵고 있다. 그리고 여기없는 게 하나 더 있다. 바로 루다. 어젯밤 루는 약속 장소인 이곳에 나타나지 않았다.

문자도 없고, 한마디 말도 없었다. 아무것도 없었다.

'진정해, 블라드. 루는 아마 너무 피곤해서 그랬을 거야.'

아마도 그랬을 거다. 다만 나는 밤새 잠을 자지 못했다. 모든 게 내 잘못 같았다. 어제 비행기 안에서 루가 곯아떨어졌을때, 내가 잠을 자는 모습을 내내 지켜봤다는 사실이 루를 짜증나게 한 것 같았다. 택시에서도 마찬가지였다. 내가 잠들기 전에 잠깐 복도에서 만나자고 했더니, 루는 알 수 없는 묘한 표정을 지었다. 그러겠다는 것도 같고 그럴 수 없다는 것도 같은 애매한 표정이었다.

끝내 루는 나타나지 않았다. 루가 나오지 않아 울적해진 내머릿속으로 별의별 생각이 스쳐 지나갔다. 밤새 시간은 지루하게 흘렀다. 그리고 어느 순간 유리창 너머로 하늘이 회백색으로밝아 오기 시작한 게 보였다. 아침이다.

루에게 메시지를 보냈다.

안녕. 어젯밤에 우리 못 만났잖아. 아침 식사 전에 잠깐 보면
어떨까? 복도에 있을게.

너무 이른 시간이라는 건 알지만 루가 보고 싶어서 미치겠
다. 루를 껴안고, 코를 골든 침을 흘리든 상관없다고 말하고 싶
었다. 트림을 하고, 부스럼이 나고, 아침이면 눈곱이 가득 낀대
도 나는 루를 사랑한다. 루는 세상에서 가장 예쁜 아이다.

나는 루에게 "넌 나의 세상이야."라고 말해 주고 싶고, 다
른 것도 산더미처럼 해 주고 싶다. 당연히 미국식 키스도 하고
싶다. 12층과 14층 계단참에서, 맨해튼을 바라보며 루의 부드
러운 입술에 키스를 하고 싶다. 문제는 루가 없다는 거다. 루가
올까, 안 올까?

다시 시간이 흐른다. 아마도 루는 오지 않을 것이다. 답답
했지만 여자애들이 묵은 호텔방의 문을 두드릴 수도 없다. 이렌
느 선생님이 분명 좋아하지 않을 거다. 나는 계속 복도와 계단
에서 서성였다. 나 같은 사람이 서성대는 건 위험하다. 넘어지
거나 떨어질 수도 있으니까.

시계를 보니, 오전 7시밖에 되지 않았다. 잠깐이라도 눈을
붙일 수 있을까? 들어가서 침대에 누워야겠다고 마음먹은 순간

복도 끝에서 소리가 들렸다. 문이 열리고 루가 나왔다. 루가 웃고 있었다.

나의 세상이 환해진다. 루가 깔깔대며 웃고 있다. 행복한 루를 보니 나도 행복하다. 나는 루가 있는 쪽으로 걸음을 옮겼다. 루에 이어서 쌍둥이 자매들이 자지러지게 웃으면서 복도로 나왔다.

날 본 루가 그제야 어제 만나자고 했던 약속이 생각났는지 난처한 표정을 지었다. 그게 아니라면… 안 돼! 나는 지레짐작으로 실망하지도, 매 순간의 표정 변화에 의미를 부여하지도 않기로 한다. 그건 괴로운 일니까.

샬리와 테아가 내 쪽으로 달려오더니, 둘이 히죽대며 웃었다. 왜인지 몰라도 굉장히 흥분한 것 같았다.

"블라드, 특종이야! 이렌느 선생님이 교장 선생님을 사랑하는 것 같아."

뭐라고? 방금 들은 소식이 너무 엄청난 것이어서 나는 그 순간 나를 불안에 떨게 만든 생각들을 다 잊어버렸다. 내 전 도우미 선생님과 전 교감 선생님? 단 한 번도 두 사람이 이어질 거라는 상상을 한 적이 없다. 말도 안 된다.

이렌느 선생님은 멋지고 놀라운 사람이다. 그리고 센스가 있다. 그 증거로 이렌느 선생님은 나를 아주 좋아한다. 그런데 교장 선생님은⋯ 뭐라고 해야 할까? 조금 답답하고, 괴상하고, 어설프다.

아무리 생각해도 이렌느 선생님이 교장 선생님을 사랑할 리가 없다. 이런 내 생각을 말하려고 했지만 여자애들은 이미 망상에 빠져 있었고, 어떻게 해도 그 망상에서 빠져나올 길이 없어 보였다.

"마틸드에게 물어봐. 어젯밤에 마틸드가 이렌느 선생님이랑 그런 이야기를 했는데⋯"

"이렌느 선생님이 교장 선생님을 좋아한다고 고백한 거야?"

"그건 아니야. 이렌느 선생님은 좋아하는 사람이 누구인지 밝히길 꺼려 했대."

난 빈정거리는 말투로 한마디 했다.

"너무 앞서 나간 거 아니야?"

"마틸드가 그러는데, 이렌느 선생님이 잠꼬대로 교장 선생님 이름을 말했대. 상상이 가?"

아니, 전혀 상상이 되지 않았다.

"그냥 이렌느 선생님한테 직접 물어보지 그래?"

"그건 좋은 방법이 아니야, 블라드."

쌍둥이들과 이야기를 주고받고 있는 동안에, 루는 자기 발만 쳐다보고 있다. 루의 발은 귀엽지만… 왜 발만 쳐다보고 있는 거지? 내 시선을 피하기 위해서? 그만, 그만해! 이러면 다시 불안한 생각들이 시작되는 거야. 최악의 시나리오를 쓰게 될 뿐이라고.

쌍둥이들은 비밀 언어로 잠깐 서로 이야기를 주고받다가 셋이 나왔던 곳으로 다시 가 버렸다. 여자들만의 영토로. 난 루를 만지려고 손을 뻗었다. 잠깐이라도, 손이 스치기만 해도 좋을 것 같았다. 하지만 루가 내 손길을 피했다. 세 사람의 웃음소리가 맞은편 복도 끝으로 내게서 멀어져 갔다.

좋아. 오늘 아침 있었던 이 로맨틱한 만남의 득과 실을 따져볼까? 우리는 키스를 하지 않았다. 루가 단 한 번도 나를 쳐다보지 않았다.

불안한 마음을 애써 가라앉혔다. 내게는 낙관적인 여러 가지 선택들, 실현 가능한 긍정적인 시나리오들이 있다. 그리고 더는 쓸데없는 걱정을 하지 않을 참이다. 확실한 건 아무것도 없다. 루와의 키스를 영화로 만들면 어떨까 하고, 잠깐 생각해 보았다. 하지만 그건 내가 원하는 장르가 아니다.

남자들의 방은 진부한 것투성이다. 오래 신은 양말 냄새와 코를 찌르는 땀내로 가득하다. 방에 짐을 풀었을 때부터 방은 너저분한 상태였다. 어젯밤 딜랑은 방에 어른이 없다는 사실에 불안해서 어쩔 줄 몰라 했다. 사이드가 그런 딜랑을 달래며 말했다.

"봐, 블라드도 있잖아. 남자들끼리만 있는 거야. 근사하지 않아? 네가 많이 커서 우리랑 잘 수도 있는 거야."

"알아, 내가 많이 큰 거. 우리가 크기는 했지만… 그래도 많이 무서워."

내 머릿속은 루에 대한 생각으로 가득 차 있었지만, 딜랑이 하도 불안해하니까 끼어들 수밖에 없었다.

"교장은…"

"교장 선생님이야. 교장 선생님은 교장이라고만 하면 아주 싫어하셔."

딜랑이 호칭을 바로잡았다.

"그래, 미안해. 교장 선생님은 우리 바로 옆방에 있어. 벽 너머에 있으니까 너하고 겨우 30센티미터 떨어져 있는 거야. 그러니까 무서워하지 않아도 돼."

"응, 이제 무섭지 않아. 30센티미터는 멀지 않아."

불안함이 가신 딜랑은 머리가 베개에 닿기 무섭게 잠이 들었다. 아침에 내가 빙으로 돌아왔을 때도 딜랑은 여전히 코를 골고 있었다.

사이드가 일어나 있는 게 보였다. 사이드는 자기 옷들을 다 꺼내서 침대 발치에 뒤죽박죽 놓아두고 고민에 빠져 있다. 사이드에게는 일곱 개의 여행용 파우치가 있다. 사이드의 어머니가 챙겨주신 거다. 파우치에는 팬티 하나, 양말 한 켤레, 티셔츠 한 벌이 들어 있다. 하루에 하나씩 파우치에 들어 있는 옷을 입도록 따로 챙겨둔 것이다. 파우치에는 잘 정리하고, 계획을 세운 삶이 담겨 있다. 파우치와 그 앞에서 고민하는 사이드를 보고 슬쩍 웃었다. 나를 본 사이드가 경고를 날렸다.

"너, 우리 엄마 비웃지 마라! 엄마는 이 여행을 몹시 불안해했어. 한 번도 멀리 가 본 적이 없거든. 비행기, 뉴욕 이런 게 무지하게 걱정됐던 거지. 그래서 이렇게 만반의 준비를 한 거야. 작은 가방을 차곡차곡 넣고, 세탁 세제도 차곡차곡 넣고. 이게 엄마가 나에게 말하는 방식이야. '떠나라, 아들아! 미국을 정복하고 싶다면 떠나라! 하지만 네 엄마를 기억하렴.'"

"그리고 매일 깨끗한 팬티로 갈아입어라?"

"정답! 근데 너희 엄마는 느긋하셔?"

"뭐, 우리 엄마도 그래. 장애와 여행이 어울리는 조합은 아니잖아? 휴가 때마다 고생의 연속이었지. 엄마가 내 여권 속에다 쪽지를 넣어 놨더라고. '사랑한다, 블라드. 관절이 제멋대로 움직이는 내 아들. 네가 어떤 사람인지 제대로 보여 주고 와!'라고."

"여왕들이야! 우리 엄마들은⋯."

둘 다 조용해졌다. 사이드가 날 살피고 있는 게 느껴졌다. 실망으로 얼룩진 내 표정에서 무언가를 알아챘음이 분명했다. 그래서 나는 사이드가 무슨 일이 있냐고 묻기 전에, 사이드의 주의를 딴 곳으로 돌리기로 했다. 사이드라면 이런 게 바로 선제공격이라 말하겠지.

"여기 온 이후로 쭉 이상해 보여, 사이드. 무슨 문제 있어?"

"아니, 괜찮아. 단지 어제 공항에서 당한 검색이 짜증 날

뿐이야. 정말 지긋지긋했어. 내가 너희들을 다 합친 것보다 열 배는 더 제복 입은 놈들하고 오래 있었잖아. 그놈들은 나를 마치… 마약 밀수자, 악당 취급을 했어. 그리고…"

"아랍인?"

"그래, 아랍인. 그것 때문에 우울해졌어. 피부색이 다른 게 범죄도 아닌데 말이야. 아주 지긋지긋해. 애송이 테러리스트가 된 기분이었어."

"너랑 나랑은 환상의 복식조인데 말이야. 몸이 뒤틀린 장애인과 마그레브(리비아, 튀니지, 알제리, 모로코 등 아프리카 북서부 일대를 가리키는 말-옮긴이) 사람이 한 팀을 꾸렸잖아."

"몸이 뒤틀린 장애인하고 마그레브 사람이라… 결국 쓰레기들이라는 말이지. 그럼, 어디 한 번 환상의 쓰레기들이 되어 볼까, 블라드?"

사이드가 씩 웃더니 침대 위에서 외쳤다. 그 바람에 딜랑이 잠에서 깼다. 침대에서 벌떡 일어난 딜랑이 물었다.

"뉴욕에 언제 가?"

"지금 당장!"

우리는 아침 식사를 하고 방으로 돌아와 나갈 준비를 마쳤다. 사이드와 나는 딜랑을 데리고 호텔 문을 나섰다. 딜랑이 바보처럼 미친 듯이 웃었다. 솔직하게 말하면 우리도 딜랑처럼 미친 듯이 웃고 싶었다.

뉴욕이다! 모험이 시작된다!

뉴욕의 첫인상은 좋은 것 말고는… 그렇게 끔찍하지 않은 정도다. 도시 위로 눈송이가 내리고 있었다. 눈이 우리가 내는 소음을 솜털처럼 덮어 주고 있는 것 같았다. 눈이 내릴 거라고는 생각하지 못했는데….

딜랑이 코를 훌쩍이며 커다란 모자를 머리에 푹 눌러 썼다. 지독하게 추웠다. 이렌느 선생님이 또 수를 셌다. 마음 같아서는 두 사람씩 짝을 지어 줄을 세우고 싶은 걸 차마 그러지 못하고 꾹 참고 있는 듯했다. 우리는 무리 지어 인도로 걸어갔다. 이매진 호텔이 있는 아주 높은 건물의 외관은 빈말이라도 괜찮다는 말을 하기 힘들 정도지만, 그래도 그 거리에서 가장 나았다.

"이 거리는 보기 좀 흉하지 않니?"

테아가 밀어 주는 휠체어에 탄 마틸드가 말했다.

"센트럴파크가 보이는 뉴욕 도심에 있는 호텔에 묵을 만큼 경비가 충분하지 않았어. 날마다 꽤 많이 걸어야 할 거야."

마틸드에게 이렌느 선생님이 말했다. 이내 자신의 말실수를 깨달은 선생님 얼굴이 굳었다. 마틸드는 선생님의 말실수에 개의치 않고 말을 이어갔다.

"나는 걷는다는 게 시대에 뒤처진 개념이라고 생각해. 모두가 바퀴를 굴리며 가야 한다고 봐"

그래, 모든 건 변한다.

우리는 킥킥대며 웃었다. 얼음장같이 차가운 바람에 기침이 터져 나왔다. 체감 온도가 영하 10도는 되는 것 같았다. 우리는 거리 어느 곳에서나 장난을 치고 웃었다. 루가 내 손을 잡아 주었다. 행복하다. 아까까지는 무진장 추웠는데, 지금은 포근한 느낌이다. 어느 정도냐면 마틸드와 달리기를 할 수 있을 정도다.

"할 수 있으면 날 잡아 봐. 친구야!"

그런데 10분 뒤에 엉뚱하게도 교장 선생님이 길 위에서 미끄러져서 더러운 눈 더미 위로 벌렁 나자빠졌다. 딜랑과 이렌느 선생님이 달려가서 교장 선생님을 일으켜 세웠다.

"이럴 줄 알았어요! 어디로 가고 있는지 방향도 살피지 않고 걷잖아요. 5분이라도 휴대폰 좀 내려놔요!"

테아가 옆에서 내 팔꿈치를 툭 치며 말했다.

"봤지? 이렌느 선생님이 사랑하는 프랑수아를 자상하게 돌보잖아. 거봐, 그러니까 우리가 뭐랬니?"

이렌느 선생님이 바닥에 떨어져 있는 교장 선생님의 스카프까지 집어 준다.

"정말이지, 도대체 어디에다 정신을 팔고 다니는 거예요?"

여자애들의 말이 맞는 걸까? 내가 보기엔 이렌느 선생님이 교장 선생님을 혼내고 있는 것 같은데… 하지만 이것이 애정 표현이라면?

교장 선생님은 아무런 대꾸도 하지 않고, 길을 찾는 사람처럼 허공을 바라보며 계속 걷기만 했다.

걸어갈수록 길은 더 넓어지고 사람들도 많아졌다. 초고층 빌딩들이 지평선을 가로막고 서 있었다. 어딜 보아도 장식이 있고, 곳곳에 가게들이 있었다. 정말 화려했다.

"뢰트레프 알고리투 세베에오 말그리스."

갑자기 샬리가 말했다.

"좋은 생각이야! 친구들아, 샬리가 단체 사진을 찍자고 하는데. 우리 다 같이 사진 찍지 않을래?"

테아의 말에 나는 얼굴을 찡그렸다.

"이 도시에만 있는 특별한 쓰레기통 앞에서?"

"아니. 지하철역 표지판 앞에서. 아주 상징적인 사진이 될 거야."

사이드가 파파라치 행세를 하며 휴대폰을 꺼냈다. 적당한 장소를 찾아내고, 모두 한데 모여서 지금 이 순간을 사진에 담기로 했다. 딜랑은 마틸드의 무릎 위에 앉았고, 쌍둥이 자매들은 화장이 잘 됐는지 연신 확인했다. 그 사이 루는 머리를 매만지고, 이렌느 선생님은 땅바닥에 앉았다.

"얼른 서둘러! 엉덩이가 얼겠어."

마침 덴마크 아니면 독일에서 왔음직 한 관광객 한 사람이 사진을 찍어 주겠다고 나섰다. 사이드가 아주 기뻐하며 우리가 있는 곳으로 뛰어와 내 목에 팔을 걸쳤다. 우리 모두 포즈를 취했다.

"하나, 둘….."

"잠깐만! 교장 선생님이 없어!"

이렌느 선생님이 깜짝 놀라 말했다.

우리는 주변을 재빨리 훑어보았다. 그리고 선생님의 말이 맞다는 걸 인정할 수밖에 없었다. 우리는 교장 선생님, 프랑수아 플라샤르 선생님을 잃어버렸다.

플라샤르

운명의 여신이 미소 지을 때

길을 잃었다. 말도 안 된다. 분명 자신이 앞장서서 걸었고, 아이들은 자신만 쫓아다녔다. 그런데 길을 잃었다.

불안해할 건 없다. 마지막 네거리 길모퉁이까지 분명 제대로 걸어왔다. 노란 택시들이 갈지자로 다니는 대로에서 그리 멀지 않다. 커다란 건물 쪽으로 가면 오피스 타워나 맨해튼 빌딩이 있을 것이다. 음… 그런데 맨해튼 빌딩은 내일 가기로 했던 곳인데. 착각했나 보다.

이렌느 선생이 한 말을 되새겨 본다. 물론 자신도 이렌느 선생처럼 이번 여행에 대해 무척이나 잘 알고 있다. 애초에 뉴욕 여행을 결정한 사람도 자신이 아닌가. 이 여행의 책임자로서 아이들을 책임지고 있다. 일단 호보켄역까지 걸어가서 지하철을 타고 서더크까지 가면 된다.

잠깐만. 그런데 A선을 타야 하는 거야, B선을 타야 하는 거야? 둘 중 하나가 확실한데. 아니면 C선인가?

정말 울화통이 터진다. 길을 잃다니…! 어릴 때부터 방향감각 하나는 아주 뛰어났다. 보이스카우트에서 늘 정찰대장이었고, 친구들을 목적지까지 데리고 가는 것도 항상 자신의 몫이었다. 거의 그랬다. 어쨌든 자주 그랬다.

그래, 잠시 다른 데를 보고 있었던 것은 인정한다. 길모퉁이에 있던 신문 가판대가 정말로 〈패션 하이스쿨〉에 나왔던 곳과 비슷했다. 드라마에서 학생과 수학 교사가 짜고 헉슬리 교장이 고발을 당하도록 음모를 꾸미는데, 마음이 넓은 프랑스어 교사 에멀라인 블레이커가 그들의 음모를 밝혀 낸다. 그런데 그 결정적 장면에 등장하는 가판대와 정말 똑같았다.

가판대에 정신이 팔려서 그만 아이들을 놓쳐 버렸다. 자신이 책임지고 돌봐야 할 아이들을 잃어버린 것은 큰 잘못이다.

하지만 아주 잠깐, 단 몇 초 정도 산만해져서 실수를 한 건 인간적으로 이해할 수 있는 부분이 아닌가. 그리고 아이들은 독립적이고 자율적일 필요가 있다. 좀 더 많은 자유를….

그만! 우선 아이들을 찾아야 한다. 보이스카우트에서 태양과 바람의 방향, 그리고 나무 위에 난 이끼와 지형을 보고 길을 찾는 법을 배웠다. 도시에서 이런 방법이 통할 것 같지 않지만 길을 찾는 기본 원리는 같다. 기준이 될 만한 것을 기억했다가 그것들을 다시 찾으며 되돌아오면 되는 거다. 이미 기준이 될 만한 것들은 모두 외워 두었다. 신문 가판대, 중국 음식점, 맛있는 냄새가 풍기는 소시지 가게, 황토 벽돌로 지어진 커다란 빌딩 등을 머릿속에 새겨 두었다. 마치 사진 찍듯이 통째로 지나온 길을 몽땅 외웠다.

그런데 지금 이 순간 눈앞에 보이는 건 대체 뭘까? 성당, 노란 건물, 도넛 가게, 휴대폰 매장, 구두 가게, 지하 주차장….자, 인정하긴 싫지만 자신이 완전히 길을 잃었다는 사실을 인정할 차례다. 괜찮다. 휴대폰으로 이렌느 선생에게 전화를 하면 된다.

이런, 아뿔싸! 휴대폰을 재킷에 넣어 놨다. 그리고 재킷은 호텔에 있다. 교장 냄새가 폴폴 나는 낡은 재킷을 입고 세상에서 가장 유명한 도시를 활보하고 싶지 않았다. 뉴욕에서는 과감해지고 싶었다. 그래서 드라마에 나왔던 잘생긴 고등학생이 입었던 것과 같은, 글자가 박힌 청바지를 하나 샀다. 조금 전에 그 청바지를 입고 호텔 로비에 내려갔을 때, 아이들이 감탄하는 눈길을 보내는 것을 똑똑히 보았다. 쌍둥이 자매들이 웃은 것은… 그건 그들이 워낙 이상한 구석이 있어서다.

어찌 됐건 휴대폰 챙기는 것을 잊어버렸다. 휴대폰뿐만이 아니다. 지갑, 신분증명서, 여행 경비를 관리하는 이렌느 선생이 준 20달러짜리 지폐 세 장도 호텔에 두고 왔다.

낭패로군. 22번가에 있는… 아니다, 23번… 잠깐만, 23번가는 오늘 저녁에 가려고 예약한 식당의 주소 같은데? 아니면 내일 점심? 아니면….

머릿속이 복잡해서 두통이 밀려오려는 그때, 놀라운 일이 일어났다. 마치 운명의 여신이 자신에게 미소를 짓는 것만 같았다.

이건 믿을 수 없고, 예상하지 못했던 만남이다. 기적이다. 그녀가 돌아봤다.

처음엔 당연히 그녀가 아닐 거라고 생각했다.

이건 불가능한 일이야. 잘못 본 걸 거야. 그냥 그녀와 닮은 여자일 거야.

그녀는 목까지 올라오는 망토를 입었다. 우아한 베레모가 그녀의 얼굴을 살짝 가리고 있었다. 몇 걸음 가까이 다가가자 주머니에서 꺼낸 휴대폰을 들여다보느라고 멈춰선 그녀의 얼굴이 좀 더 잘 보였다.

그녀가 맞다! 확실하다! 〈패션 하이스쿨〉에 나오는 프랑스어 교사인 에멀라인 블레이커다!

물론 그녀는 진짜 에멀라인 블레이커는 아니다. 프랑스계 미국인 여배우 에이미 보넬이다. 드라마에서 에멜린 블레이커 역을 맡았다.

그녀에 대해서는 모르는 게 없다. 자신보다 다섯 살 연하이고, 파리에서 태어났고, 세 살 때까지 파리에서 머물다가 부모님을 따라 이민을 와서 캘리포니아에서 살다가 뉴욕으로 이사를 왔다. 연극에 뛰어들기 전에는 사립학교에서 음악과 미술을 공부했다. 연극에서 단역을 맡아 연기자의 꿈을 키워 가던 중 〈패션 하이스쿨〉에 출연하게 되었다.

에멀라인은 첫 번째 시즌이 끝나갈 무렵 비중이 없는 조연으로 처음 등장했다. 60대 프랑스어 교사인 폭스의 후임로 나왔다. 이건 실로 운명의 장난이라고 할 수 있는 게 그 역할을 했던 여배우가 실제로 아팠기 때문에 드라마에 캐스팅될 수 있었다. 그리고 두 번째 시즌 중간부터 주연 배우만큼 비중이 늘었다. 에이미 보넬이 연기하는 에멀라인은 교사라는 직업에 애정이 있고 학생들에게 따뜻한 관심을 쏟는 정의로운 교사로, 권모술수에 능한 수학 교사인 드웨인 로커에 맞서는 인물이다.

에이미 보넬의 키는 155센티미터이고, 몸무게는 47킬로그램이다. 그녀는 있는 그대로의 자신을 사랑하기 때문에 다이어트를 하지 않는다. 그녀의 머리카락은 갈색이지만 역할 때문에 적갈색으로 염색했다. 프랑스 프와티 출신의 어머니와 미국 국적의 아버지를 두었기 때문에 영어만큼 프랑스어도 아주 잘한다. 그녀는 〈패션 하이스쿨〉에 출연하게 된 것을 아주 좋아하고, 계속해서 미국이나 프랑스 영화에 출연하고 싶어 한다.

드라마에 출연했던 다른 배우들과는 달리 에이미 보넬은 《피플》잡지와 인터뷰를 한 적이 없다. 그래서 그녀의 사생활에 대해 알려진 것이 거의 없다. 이제껏 알려진 거라곤 드라마 촬

영이 없을 때는 거의 외출을 하지 않은 채 뉴욕의 아파트에 머문다는 게 전부다. 그 아파트는 그녀가 학생 때 세 들어 살다가 배우가 되고 나서 처음 번 돈으로 산 아파트다.

에이미 보넬의 아파트가 정확히 어느 거리에 있는지 기억이 나지 않는다. 인터넷 팬카페에서 본 기억이 있는데 말이다. 뭐, 동네 이름을 기억하고 있었다고 해도 큰 도움은 되지 않았을 것이다. 지금 완전히 길을 잃은 것을 보면 말이다.

이 깜짝 만남에 놀라 홀린 듯 따라가다 보니, 벌써 40분째 에미미 보넬의 뒤를 쫓고 있었다. 중간에 그녀와 같은 열차에 올라타기 위해 달려야 했고, 옷 가게 앞에서 그녀가 쇼핑백을 들고나올 때까지 끈기 있게 기다려야 했다. 지금은 양쪽에 커다란 건물들이 늘어선 동네의 미로 같은 골목길을 그녀를 따라 걷고 있다. 집으로 돌아가고 있는 게 분명했다. 그녀가 주머니에서 휴대폰을 꺼내더니 누군가와 통화하기 시작했다. 통화에 방해가 될까 봐 선뜻 끼어들지 못하겠다.

어떻게 그녀에게 말을 걸어야 할까? 심장이 아주 빠르게 뛰었다. 그녀는 프랑스를 좋아하니까 먼저 프랑스에서 온 팬이라고 밝히는 거다. 그리고 팬카페에다 그녀를 주인공으로 한 팬픽을 쓴 적이 있다고 말하는 거다. 그녀가 좋아해 줄까? 에멜라인이 드웨인 로커가 꾸민 음모들을 모두 물거품으로 만들고, 헉슬리 교장이 그녀를 사랑하고 있었음을 깨닫게 된다는 내용의 팬픽이었다. 이 팬픽은 '좋아요'를 23개나 받았다.

그녀에 대해 많은 것을 알고 있고, 늘 대단한 사람이라 생각하고 있고, 정말 꼭 한 번 만나보고 싶었다고 말하는 거다. 그녀가 자신의 이상형이라는 고백도 하고.

에이미 보넬은 이름 모를 거리의 커다란 건물 앞에서 멈춰서 있었다. 그녀는 휴대폰으로 통화를 계속하면서 주머니를 뒤져 열쇠를 꺼냈다. 가까이에서 보니 더 예뻤다. 그녀는 반항적인 분위기를 풍기는 커다란 해골 장식 반지를 끼고 있었는데, 그것도 정말 마음에 들었다.

그녀가 사라져버리기 전에 행동을 개시해야 했다. 건물 안으로 들어가 버리면, 그녀를 다시 보기 힘들 것이다. 여기까지 쫓아오긴 했지만, 집 앞에서 그녀가 나오길 하염없이 기다릴 수는 없다. 그건 좀 모양새가 이상하다. 그리고 빨리 호텔로 돌아가 아이들과 합류할 방법을 찾아 봐야 한다.

시간이 없는 관계로 죽이 되든 밥이 되든 한번 시도해 보기로 했다. 전화 통화를 하느라 여전히 건물 입구 쪽에 서 있는 에이미 보넬에게 다가갔다. 다리가 후들거렸다.

자, 이제 머릿속 시나리오대로 그녀에게 말을 걸자. 아마도 그녀는 감격한 표정으로 날 보며 미소 짓겠지.

그때 갑자기 에이미 보넬의 주먹이 날라왔다. 코가 으깨져 버린 것 같은 통증이 밀려왔다. 해골 장식 반지가 그녀의 손가락에서 미끄러져 길바닥을 구르다가 왼쪽 신발 근처에서 멈췄다. 통증으로 비틀거리면서도 반지를 주우려고 허리를 숙였다. 좋아하는 여자의 마음을 움직일 수 있는 마지막 기회라고 생각했다.

몸을 일으켜 반지를 그녀에게 돌려주려는 순간, 어깨를 잡아 누르는 억센 손이 느껴졌다. 그리고 얼음장 같은 목소리가 자신을 추궁했다.

"May I ask you to follow me, sir(따라오시겠습니까, 선생님)?"

마틸드

사라아아앙의 탐정

사랑을 추적하는 탐정.

그래, 결심했어. 나는 새 명함을 만들 작정이다. 마틸드, 사라아아앙 탐정. 사랑을 길게 늘여 발음하니 정말로 사랑이 뚝뚝 떨어진다. 아무래도 나중에 나는 사랑 탐정을 진짜 직업으로 삼게 될 것 같다. 혹시 이런 게 직업이 될 수 있다면 말이다.

처음엔 이렌느 선생님이 교장 선생님을 좋아하고 있다는 사실을 믿지 못했다. 있을 수 없는 일이니까. 괴상함의 척도가 0부터 10까지 있다고 가정했을 때, 교장 선생님은 12.5에 해당

한다. 그것도 평온한 상태를 기준으로 측정하면 그 정도라는 거다. 프로펀딩그 같은 특유의 발음, 이상하게 기른 수염과 구레나룻, 아홉 살 이상이면 아무도 입지 않을 것 같은 보기에도 민망한 청바지 등등. 한마디로 교장 선생님은 괴상한 것들의 집합체인 사람이다.

교장 선생님이 이렌느 선생님을 짝사랑하고 있다면, 그건 납득할 만하다. 하지만 반대의 경우라니···. 차라리 교장 선생님이 우리에게 자신은 멕시코의 스파이라거나 청소년들의 생활 습관을 연구하러 온 외계인 과학자라고 고백하는 것이 더 납득하기 쉬웠을 것이다.

교장 선생님과 달리 이렌느 선생님은 세상에서 가장 멋진 여자다. 늘 상냥하고, 늘 미소를 짓고, 필요할 때면 늘 우리 옆에 있어 주었다. 우리에게는 선생님이 필요한 순간이 아주 많았는데도, 단 한 번도 싫은 내색을 한 적이 없다. 내가 화장실을 갈 때나 딜랑이 불안해할 때, 블라드가 경련을 일으킬 때도.

여기 뉴욕에서도 이렌느 선생님은 우리에게 엄마와 같다. 아니, 어쩌면 진짜 엄마보다 더 좋은 면이 있다. 잠자는 시간이나 나머지 것들에 대해서 엄마처럼 잔소리하는 법이 없으니까.

나는 이렌느 선생님이 교장 선생님을 사라아아앙한다는 걸 인정하기 어렵다. 하지만 어젯밤 이렌느 선생님의 잠꼬대를 들었다. 꿈을 꾸면서 분명히 '프랑수아'라고 말했다. 뭔가 난처한 듯한 어조로 그 이름을 불렀다. 꿈에서도 애틋하게 부르는 걸 보니 사랑에 빠진 것, 그 이상인 것 같았다.

사랑이란, 맹목적인 감정 뭐 그런 게 아닐까? 선생님의 모습을 살펴보고 있자니 점점 분명해졌다. 교장 선생님과 이야기를 나눌 때 이렌느 선생님의 얼굴이 빨개지는 것, 길을 걸을 때 일부러 교장 선생님과 거리를 두고 떨어져 걷는 것을 보니 바보라도 알 것 같았다. 게다가 싫은 표정을 짓지 않으려 노력하는 모습은 사실 좀 지나쳤다. 순전히 쇼였다.

욕실에 함께 있을 때 내가 이렌느 선생님에게 물었다.

"교장 선생님은 호감이 가는 스타일이지 않아요?"

나의 말에 이렌느 선생님은 완전히 빨개졌다. 뺨만 그런 게 아니라 이마와 귀, 목과 가슴 그 언저리까지 온통 빨개졌다. 그래서 나는 한 번 더 말을 해 보았다.

"뭐, 잘 모르겠지만 나이 든 남자치고는 좀 귀여우신 거 같아요."

이렇게 말하면 선생님이 솔직하게 자기감정을 드러낼 줄 알았다. 고무풍선을 탁 놓았을 때처럼, 마음속 이야기를 술술 털어놓을 줄 알았다. 하지만 아니었다.

그리고 오늘 아침, 난 거리에서 새로운 사실을 알게 되었다. 일방통행이 아니었다. 어떤 감정이 두 사람 모두에게 있는 것 같았다. 아니면 이미 시작된 것일 수도 있다.

솜사탕, 콧수염, 턱수염, 어디서 한 건지 궁금할 지경인 머리 스타일, 도저히 봐 주기 힘든 청바지에 그리고 이번 여행까지. 처음부터 의심을 했어야 했다. 두 사람 사이에는 분명 뭔가가 있다.

오늘 아침에 두 사람은 서로 모르는 체했다. 하지만 너무 속이 훤히 들여다보이는 짓이었다. 교장 선생님은 아무 말이나 내뱉고, 완전히 바보 같은 행동만 했다. 그러다 교장 선생님이 넘어졌을 때, 이렌느 선생님이 서둘러 달려가 일으켜 세우는 모습을 보고 나는 소리를 지르고 싶었다.

"아하! 당신들이 범인이군요! 사랑 탐정에게 딱 걸렸어요."

두 사람은 사랑 고백을 하게 될 운명이었다.

교장 선생님이 사라졌을 때도 나는 '이건 뭔가 계략이 있어.'라고 혼잣말을 했다. 이렌느 선생님이 우리를 호텔에 데려다 놓고, 혼자서 교장 선생님을 찾아 나설 거라고 생각했다. 그리고 분명 그들은 어딘가에서 따로 만날 것이다. 약삭빠른 사람들!

나, 마틸드는 두 팔과 머리, 두 바퀴와 거짓말 아래에 숨어 있는 감성적인 이야기를 캐내는 직감을 가진 사람이다. 그런 나를 속이려고 들다니 두 사람 다 아직 멀었다.

그런데 참으로 놀랍게도 이렌느 선생님은 교장 선생님이 있든 없든 우리끼리 원래 계획대로 관광을 할 거란다. 그 뒤로 선생님은 우리를 엠파이어스테이트 빌딩으로 가는 지하철에 태웠고, 67층까지 가는 엘리베이터에 태웠다. 무슨 일이 있어도 교장 선생님과 같이 가겠다고 딸랑이 떼쓰고 울고불고해도 소용없었다. 그런 다음 이렌느는 우리를 데리고 나가서 영화에서처럼 핫도그를 사 먹였다. 나는 더 이상 참을 수 없어서 하마터면 먼저 말할 뻔했다.

"선생님, 저한테는 솔직히 말해도 돼요! 교장 선생님과 선생님 사이에는 분명 뭔가 있다고요."

선생님이 나를, 우리를 속이고 있는 게 분명했다. 우리의 전 도우미 선생님이 이렇게 대단한 연극배우였다니!

결국 난 하고 싶은 말을 꿀꺽 삼켰다. 저마다 비밀은 있는 법이니까…. 그리고 원하든 원치 않던 언젠가는 들통나게 될 것이다.

우리는 호텔로 가는 지하철을 탔다. 호텔에서 잠시 쉬었다가 다시 출발할 예정이었다. 이렌느 선생님은 계속해서 교장 선생님이 호텔에서 우리를 기다리고 있을 거라고 말했다.

여기서 사라아아앙의 탐정 마틸드가 유능한 탐정인지 의심이 들기 시작했다. 나의 추리가 전혀 들어맞지 않았기 때문이다. 단둘이서만 몰래 만나려고 한 게 아니라면 교장 선생님이 길을 잃은 척했던 게 무슨 소용이 있을까?

호텔에 도착했을 때 안내 데스크 직원이 우리를 기다리고 있었다. 나이 든 동양인 직원이 우리에게 뭐라 말하는데 너무 흥분한 데다가 말을 빨리해서 한 번에 알아듣기가 어려웠다.

"대사관 이야기를 하고 있는 것 같은데."

루가 말했다.

"전화가 왔다는 것 같아."

샬리가 보탰다.

그리고…

"경찰서라고 하는 것 같아. 내 말이 맞지?"

사이드가 물었다.

그렇게 해서 우리는 우리의 교장 선생님이 경찰에 체포되었다는 사실을 알게 되었다.

그리고 나는 미래의 직업으로 탐정은 적당하지 않을 것 같다는 결론을 내렸다.

사이드

유일한 어른은 누구

　미국 땅을 돌아다닌 지 겨우 7시간이 지났을 뿐인데 경찰서
에 와 있다. 이 상황이 재밌어 죽겠다고 웃는 사람도 있다. 마
틸드와 쌍둥이 자매가 깔깔대고 웃으며 말했다.

　"첫날부터 경찰서에 온 아랍 사람이라니. 무슨 수라도 써야
하는 거 아니야? 사이드."

　나는 짐짓 화난 표정을 지어 보였다.

　"하하, 정말 웃기는군. 우아한 아가씨들, 나는 죄 없는 아랍
사람이야."

"진짜 웃기다. 근데 상황이 이렇게 된 건 우리 모두에게 약간의 책임이 있어. 우리가 교장 선생님을 좀 더 주의 깊게 지켜봤어야 했는데."

"교장 선생님은 어린애 같아. 정말 이상한 사람이라니까."

이렌느 선생님과 블라드가 경찰들과 이야기를 나누면서 어떻게 된 건지 자초지종을 묻고 있었다. 그 광경이 꼭 예전에 할머니가 즐겨 봤던 〈뉴욕 폴리스 블루스〉라는 드라마 속으로 들어와 수염이 난 하급 경찰관들과 함께 있는 것 같은 착각을 불러일으켰다.

배경도 다를 게 없다. 23번가에 있는 이 경찰서는 수사물 영화를 찍어도 될 정도다. 우린 작은 돌계단을 올라가서 1930년대 지어진 낡은 벽돌 건물 안으로 들어갔다. 30년 전에 다시 페인트칠을 한 것 같은 벽 여기저기에 지저분한 낙서들이 보였다. 어디선가 썩은 달걀 냄새가 계속 났다. 정말이지 마틸드와 내가 영화에 출연하고 있는 것 같았다. 여긴 세트장이고.

이 상황에 아랑곳하지 않고 쌍둥이 자매들은 경찰서 경비원의 모자를 빌려 쓰고, 셀카를 찍느라 바빴다.

"이곳도 예전에는 아름다웠을 거야."

마틸드가 휠체어를 앞뒤로 흔들며 킥킥 웃었다.

"어련하겠어. 좋은 냄새도 났겠지."

그때 블라드가 돌아왔다.

"교장 선생님이 체포당한 건 유명 여배우를 계속 쫓아다녀서래. 그 여배우는 선생님이 좋아하는 드라마에 나오는 배우고."

"쫓아다녔다고?"

"그 여배우 말이 교장 선생님이 30분 넘게 바로 뒤에서 따라왔대. 정말 무서웠다더라. 선생님이 미치광이거나 변태인 줄 알았대. 우리도 안에 들어갈 수 있어. 선생님과 말을 해도 돼."

안에 들어가니 교장 선생님이 두 손을 무릎 위에 얌전히 올려놓고 등을 곧게 펴고 앉아 있었다. 눈을 감고, 마치 낮잠을 자는 것처럼 보이려 애쓰는 자세였다. 코 위로 퍼렇고 뻘건 커다란 혹이 나 있었다.

이렌느 선생님이 흥분해서 교장 선생님을 맹렬하게 비난했다. 교장 선생님은 아무 말도 못 하고 이렌느 선생님이 쏘아붙이는 소리를 듣고만 있었다.

"정말 생각이 있긴 해요? 선생님이 무슨 일을 한 건지 생각해 봤어요? 선생님에게는 책임이 있어요. 아이들의, 이 여행의 책임자라고요! 책.임.자! 이 말뜻을 알기는 해요? 우리는 아이들을 돌봐야 해요. 아이들은 우리를 의지하고 있어요. 세심한 주의가 필요한 아이들도 있고요. 그런데 그거 아세요? 이번 여행에서 가장 잘 따라오지 못하는 사람이 바로 교장 선생님이에요!"

"저기… 선생님, 교장 선생님 말이에요."

딜랑이 이렌느 선생님의 스웨터를 잡아당기면서 속삭였다.

"응, 딜랑. 놀랬니? 괜찮아. 나는 교장 선생님이 바보 같은 행동을 해서 화가 난 거야."

"네. 하지만 교장 선생님이 울려고 하는데요?"

그러자 그때까지 가만히 있던 교장 선생님이 반응을 보였다.

"아니다, 딜랑. 난 안 울어. 걱정하지 마라. 이렌느 선생님, 미안해요. 하지만 난…"

"변명 따원 듣고 싶지 않아요. 전 화를 잘 내는 사람은 아니지만, 이번 일에는 정말… 교장 선생님의 행동을 이해해 줄 수가 없네요. 당장 모든 일정을 취소하고 바로 파리로 가요. 선생님이나 선생님의 그 웃기는 열정에 진저리가 나요."

"뭘 취소한다고요?"

딜랑이 눈물을 매달고, 목이 멘 소리로 물었다.

그때 경찰관 3명이 웃으면서 다가왔다. 경찰관들이 웃을
만한 일이 있는 게 분명하다. 교장 선생님이 뉴욕 거리에서 할
리우드 스타를 스토킹한 일이 이미 소문이 퍼진 걸까? 아, 창피
하다. 아니면 우리의 모습이 경찰서에 웃음거리가 된 걸까? 뒤
틀린 아이와 그 일당들 말이다. 도대체 뭐 때문에 그렇게 웃긴
건지 물어보고 싶다.

경찰관들은 우리에게 눈길도 주지 않고, 교장 선생님이 풀
려났다는 사실을 알려 줬다. 에이미인가 뭔가 하는 여배우가 고
소를 취하했다는 것이다. 다시는 이런 일이 있으면 안 된다는
경고와 함께.

"너희들도 봤지? 그녀는 나를 미워하지 않아. 자신이 착각
했다는 사실을 알게 된 거야. 그녀는…."

교장 선생님이 말했다.

"내 생각에 그 여배우는 우리가 폭행상해로 고소할까 봐 겁
이 난 거예요. 선생님 코 봤어요? 수박 같아요."

이렌느 선생님이 교장 선생님의 말을 자르고 싸늘하게 말했다.

"이건 오해였어요. 흔히 있는 오해요."

교장 선생님이 멍한 눈길로 우리를 바라보며 선언했다.

"오이가 어딨어요?"

딜랑이 깜짝 놀라며 물었다.

"오이가 아니라 오해! 딜랑, 그러니까 잘못 생각했다는 뜻이야. 다시 한번 말하지만 난 잘못한 게 없어. 아무것도."

교장 선생님이 일어나서 우리 쪽으로 걸어왔다. 그리고 딜랑을 향해 중얼거리는 소리가 들렸다.

"난 그녀를 봤단다. 내가 그녀에게 말을 걸었어. 현실에서 말이야. 오늘은 내 인생에서 가장 아름다운 날이야."

교장 선생님은 마치 자기 방 벽지를 엄마의 립스틱으로 온통 빨갛게 칠해 놓고 자랑스러워하는 아이처럼 무척이나 들떠 있었다.

나도, 블라드도 교장 선생님이 하는 말을 들었다. 그러나 그 말에 누구도 웃지 않았다. 블라드조차도.

우리와 함께 있는 유일한 어른은 이렌느 선생님뿐이다.

혼란스럽고 어렵고 바보 같은 것

사랑을 뭐라고 표현할 수 있을까?

나에게 사랑은 혼란스럽고 어려운 감정이다.

그런데 다른 아이들, 그러니까 블라드, 사이드, 마틸드, 샬리, 테아, 딜랑에게 이 질문은 좀 더 간단해 보인다.

교장 선생님과 이렌느 선생님이 서로 사랑한다고 믿는 아이, 교장 선생님이 이렌느 선생님을 짝사랑하고 있다는 아이, 이렌느 선생님이 교장 선생님에게 완전히 미쳐 있다고 생각하는 아이, 전혀 모르겠다는 아이까지 제각각이다. 아이들은 각자 자신의 주장을 뒷받침할 근거를 찾아내느라 바쁘다. 하지만 난 이 모든 게 의심스럽다.

확실한 것은 호텔 뒤 주차장에서 커플로 의심받는 두 사람이 말다툼을 하는 중이라는 거다.

"두 사람이 정말 사랑해?"

딜랑이 물었다. 아무리 봐도 그런 것 같지 않았다.

딜랑이 내 손을 잡았다. 우리는 14층 복도에서 호텔 뒤쪽으로 난 테라스에 모여 있었다. 유리에 시선 차단 필름이 붙어 있는 덕분에 우리는 무성영화 관람객처럼 마음 놓고 두 사람을 지켜보고 있었다.

이렌느 선생님이 빨갛게 달아오른 얼굴로 팔을 마구 휘두르며 계속 뭐라고 말하고 있었다. 교장 선생님은 그 앞에서 눈을 내리깔고 연신 고개를 끄덕였다.

나는 딜랑을 안심시키기 위해 애써 돌려 말했다.

"사람들은 사랑하면서도 화를 낼 수 있어, 딜랑."

블라드의 시선이 느껴졌지만 애써 못 본 척했다.

블라드는 내게 뭔가를 요구하거나 우리 둘 사이의 문제로 짜증 나게 한 것을 사과할 때 싸움을 거는 사냥개 같은 표정을 짓곤 한다. 그런데 지금 블라드의 표정은 완전히 장화 신은 고양이다. 애처로운 눈동자로 사랑스럽게 쳐다보는 표정이 지팡이로 자기 머리를 때려도 좋다며, 내 손에 모니크를 쥐어 줄 것만 같다.

'잠깐만 루, 아무리 상상이라도 장애인을 때리다니…! 그것도 너의 남자친구를?'

내 안에서 흘러나오는 작은 목소리에 화가 치밀어 오른다. 나는 블라드를 좋아한다. 블라드는 대단하고, 특별하고, 아이디어가 가득 차 있는, 좋아할 수밖에 없는 사람이다. 하지만 종종 그 넘치는 활력이 나를 피곤하게 만든다. 이 문제에 대해 어떻게 말해야 할지 모르겠다. 이런 말을 꺼내려 할 때마다 이야기가 전혀 다른 방향으로 흐르고 만다.

경찰서에서 호텔로 돌아오는 지하철 안에서 블라드에게 말했다.

"아무래도 이렌느 선생님과 따로 이야기해 봐야 할 것 같아, 그렇지? 선생님이 이 일로 큰 충격을 받은 것 같아."

내가 이렌느 선생님과 마음을 터놓고 대화를 하겠다고 말한 것은, 솔직히 말해서 내게 쉴 시간이 절실하게 필요했기 때문이다. 늘 내 등 뒤 어디쯤에 닿아 있는 블라드의 시선이 느껴지지 않는 시간이….

내 말에 블라드가 대답했다.

"좋은 생각이야. 내가 너랑 함께 갈게."

내가 원했던 것과 정확히 반대되는 말이다. 블라드의 말을 듣자마자 저도 모르게 "나를 좀 혼자 있게 해 줘, 내 껌딱지. 나한테도 숨 쉴 구멍이 필요해."라고 애원할 뻔했다.

그런데 사람들은 자기 연인에게 이런 말을 할까? 정말로 사랑하는 사이라면 이런 생각을 할 수 있을까?

"두 사람이 무슨 말을 하는 걸까?"

주차장에 있는 두 어른을 뚫어지게 쳐다보며 딜랑이 물었다. 두 어른은 작은 마리오네트 인형들처럼 분주하게 몸짓 손짓을 하며 이야기를 주고받고 있었다.

무슨 말을 하는지 모르겠다고 딜랑에게 대답하려는 순간 교장 선생님이 고개를 들고 몇 마디 말을 했다. 그러자 사이드가 미국 드라마를 더빙하는 성우처럼, 그 모습을 흉내 내기 시작했다.

"난 당신을 사랑하지 않아요, 이렌느. 내 마음이 누구의

것인지 당신도 잘 알 거예요. 나도 어쩔 수 없어요. 나를

내버려 둬요."

어쨌든 이 정도 거리에서 볼 수 있는 교장 선생님의 입술 모양과 완벽하게 일치하는 내용이다. 그때 이렌느 선생님이 여전히 화가 난 표정으로 쏘아붙이는 모습이 보였다. 이번에는 마틸드가 비극의 여주인공 같은 어조로 사이드의 말을 받아 연기하기 시작했다.

"오, 프랑수아! 어쩜 그렇게도 내 마음을 모를 수가 있어요?

어떻게 몇 년 동안 은밀하게 간직해 왔던 당신에 대한 나의

사랑을 무시할 수 있어요?"

무대의 두 등장인물은 잠시 아무 말도 하지 않았다. 테아가 그 틈을 이용해 한마디 했다.

"우케펙스 아르무 앙팔 포른스타키오."

"포른스타키오가 무슨 뜻이야?"

딜랑이 물었다. 딜랑은 비밀 언어를 잘 모른다.

"애들은 몰라도 돼."

블라드가 말하자 딜랑이 자기는 아이가 아니라고 소리를 질러 댔다. 그러는 와중에도 주차장 연극은 계속되고, 마틸드는 그리스 비극에 나오는 여주인공처럼 과장된 몸짓을 하고, 이렌느 선생님의 입술 모양에 목소리를 입혔다.

"당신은 나한테 그러면 안 돼요. 나는 당신의 모든 것을 사랑해요. 당신의 수염, 청바지, 머리숱이 없는 걸 가리려 머리카락을 모아 이마를 가리는 머리 스타일까지 전부 다 좋아해요. 나는 모든 걸 견뎠어요. 블라드의 변덕…"

"내 변덕이라니?"

짐짓 화를 내며 블라드가 중간에 끼어들었다.

"더빙하는 중에 끼어들면 안 되는 거야."

테아가 말했다.

"블라드의 변덕, 마틸드의 투덜거림, 모두를 미워하는 지긋지긋한 쌍둥이 자매들까지도…."

테아와 동시에 샬리가 말했다.

블라드와 나는 배를 잡고 웃었다. 딜랑은 세상에서 가장 훌륭한 영화를 보는 것처럼 넋을 잃고 듣고 있었다.

"나는 당신을 위해 모든 걸 참았어요, 프랑수아. 그런데 당신은 내게 눈길조차 주지 않았지요."

"당신은 날 몰라요, 이렌느. 당신은 내가 사막에서 지낸…

아주 추웠던⋯ 지난 몇 년을 전혀 모르고 있어요. 너무

추워서 수염을 기르게 된 거예요. 죽지 않으려고."

교장 선생님 역을 맡은 사이드가 말했다.

"하지만 난 당신 수염을 정말 좋아해요."

마틸드가 이렌느 선생님의 항의하는 듯한 격렬한 몸짓에

맞춰 외쳤다.

"나는 미치도록 수염이 좋아요. 매일 밤 꿈에서 수염을 봐요.

수염이 혼자서 길을 걸어가요."

"그건 꿈이 아니오, 이렌느. 내 수염은 혼자 걸어 다녀요.

사실 수염은 외계에서 온 작은 동물인데 내가 입양했어요.

수염은⋯"

"그만해요, 프랑수아! 그녀에 대해 말을 하지 않으려고 이런

말을 하는 거잖아요. 그 음흉한 여자가 당신 마음을 훔쳐

갔군요. 어떻게 당신은 아이들을 헌신적으로 돌보는 나 같은

여자를 두고, 그저 그런 여배우를 더 좋아할 수 있죠?"

사이드는 교장 선생님이 말하기를 기다리며 주차장을 주시

했다. 그런데 우리의 여행 동반자들은 한참을 아무 말 없이 있

었다. 오랜 침묵 끝에 마침내 교장 선생님이 고개를 들고 뭐라

고 말하는 게 보였다.

"*내가 잘못 생각한 걸까요?*"

사이드가 다시 교장 선생님이 되어 말했다.

"*내가 맹목적이었다는 걸 인정해요. 당신은 아름다워요,
이렌느. 그리고 프랑스로 돌아가는 비행기 표를 가지고 있는
사람은 당신뿐이죠. 그러니 나랑 결혼해 줘요.*"

"정말이야?"

딜랑이 깜짝 놀라서 물었다.

"두 사람이 결혼하는 거야?"

다들 숨죽이고 지켜보고 있는데, 갑자기 이렌느 선생님이
휙 등을 돌려 가 버리고, 교장 선생님만 그 자리에 꼼짝을 하지
않고 서 있었다. 몇 분 후에 12층이나 더 위인 14층에서 문이
쾅 닫히는 소리가 들렸다.

"아마도 바로 결혼하지는 않을 것 같아."

테아가 딜랑에게 말해 줬다. 딜랑은 조금 슬픈 표정으로 우
리를 따라 억지로 웃었다.

"나는 너희들이 말해 주는 게 더 좋아. 어른들 두 사람이 싸
우는 건 싫어."

우리는 모든 능력을 동원해 딜랑을 안심시켰다. 그리고 오늘 있었던 엄청난 사건과는 상관없이 일정대로 뉴욕 현대 미술관을 둘러보기 위해 방으로 돌아가 외출할 준비를 했다.

30분 뒤 우리는 다시 거리로 나왔다. 딜랑은 교장 선생님의 손을 꼭 잡고 있었다. 두 시간 동안 전시실을 돌아다니면서도 절대로 교장 선생님의 손을 놓지 않았다. 그 모습을 본 블라드가 그림 앞에서 멈출 때마다 우리도 손을 잡고 있자고 졸랐다.

"이건 완전히 뒤틀려 있네. 나랑 비슷하지 않아?"

조각상 앞에서 블라드가 말했다.

난 블라드가 자기 자신을 웃음거리로 삼을 때가 가장 나쁘다고 생각한다. 처음에는 그게 멋져 보였다. 유머감각이 넘치고, 자신을 객관화할 줄 안다고 생각했다. 그런데 지금은 내 안의 작은 목소리가 속삭인다.

'그게 바로 사람들이 자기에게 관심을 가지게 하는 방법이야. 동정표를 얻기 위한 수단인 거지.'

그래, 블라드는 간혹 장애인 행세를 한다. 그렇다는 걸 블라드가 직접 말해 준 적도 있다. 한번은 함께 피자 가게에 갔었는데 빈 테이블이 하나도 없었다. 나는 포기하고 나갈 생각이었는데 블라드가 내 귓가에 속삭였다.

"그냥 있어. 내가 이제부터 장애인 행세를 할 거야."

블라드는 심하게 떨기 시작했고, 무척 피곤한 척 연기했다. 그러자 서빙을 하는 사람이 오직 우리를 위해 테이블을 하나 더 만들어 주었다.

그때는 그러는 게 참 익살스럽다고 생각했다. 그런데 지금은 블라드가 억지로 유쾌하게 굴거나 눈에 띄는 지팡이를 들고, 뒤틀린 다리를 더욱 과장되게 드러내 보이는 모습이 불편할 때가 있다. 그래서 나는 요즘 블라드에게서 떨어져 마틸드, 사이드, 쌍둥이 자매와 주로 시간을 보냈다.

미술관을 둘러보는데 도통 모르겠다. 다들 작품 앞에서 머뭇거리고 있었다. 그럴 만도 한 게 전시된 작품이 수프 깡통들을 찍은 사진, 거대한 만화의 한 컷을 표현한 것, 말이 나오지 않는 이상한 영상 같은 것들이 전부다.

그런데 놀라운 일이 벌어졌다. 교장 선생님이 미술관 안내 책자를 몽땅 읽었는지, 아니면 미술관 오디오 가이드를 참고했는지, 그것도 아니면 정말로 예술에 대해 해박한 지식을 가지고 있는지 모르겠다. 과정이야 어땠든 교장 선생님은 앤디 워홀과 루이즈 부르주아에 대해서 이야기하고, 잭슨 폴록이 캔버스 위에다 물감을 흘리고, 튀기고, 끼얹는 방식으로 그림을 그렸다는 설명을 해 주었다. 이렌느 선생님과 다른 아이들이 자연스럽게 교장 선생님 주변으로 모여들었다. 다들 놀랍다는 표정을 지으며 교장 선생님을 바라보았다.

"예전에 미술사를 공부했었어. 화가가 되고 싶었거든."

교장 선생님이 다음 전시실로 이동하면서 블라드에게 말했다. 교장 선생님의 말에 테아와 샬리는 웃음이 터질까 봐 조심하고, 사이드는 페이트칠하는 사람에 대한 농담을 했다.

이 단순하고 기이한 사람이 예전에는 피카소나 반 고흐가 되려는 꿈을 가지고 있었다고 생각하니 가슴이 뭉클해졌다. 그래서 그랬나 보다. 수염이랑 청바지랑….

전시된 작품을 둘러보다 보니 호퍼의 극사실주의 그림과 브랑쿠시의 조각, 입체파, 다다이즘, 그리고 사진에 점점 관심이 생겼다. 그중에서도 네 여자를 찍은 연작 사진에서 큰 감동을 받았다. 이 작품은 사진작가가 아내와 아내의 자매들을 매년 사진으로 찍은 것이다. 작품의 이름은 〈브라운 시스터즈 The Brown Sisters〉이다. 물론 1975년 이후 43년에 걸쳐 찍은 사진들이 모두 미술관에 있는 것은 아니다.

아주 친하고, 아름다운 자매들의 사진을 보면서 웃고 싶은 마음과 지나간 시간들을 슬퍼하고 싶은 마음이 동시에 들었다. 알 수 없는 감정에 젖어 있는데, 갑자기 블라드가 내 손을 잡았다.

"정말 대박이지?"

블라드가 내 귀에 대고 속삭였다.

그 순간 나는 블라드를 껴안고 키스하고 싶었다. 블라드를 껴안으려고 돌아섰을 때 블라드가 사이드와 얘기하느라 나에게서 멀어지지만 않았다면, 나는 분명 그렇게 했을 것이다. 내가 원하지 않는데 자꾸 달라붙었을 때보다 지금 이 상황이 훨씬 더 짜증 난다.

정말이지 사랑은 혼란스럽다.

복잡하고, 이따금은 바보 같기도 하다.

굿바이 뉴욕, 그리고 우리들은

블라드

작전명은 뒤틀린 큐피드

사이드와 나는 미국에서만 맛볼 수 있는 걸 주문했다. 커다란 휘프트 크림 한 접시. 여기서는 상탈리 크림을 이렇게 먹는다. 지금 이곳엔 우리 둘뿐이다. 둘만 있으니 좋다. 선글라스를 끼고 야외 테라스에 앉아 있으니까 털옷이 덥게 느껴졌다.

"사이드, 있잖아. 위대한 예술가들은 어떤 식으로든 서로에게 영향을 끼치는 것 같아."

"오호, 그게 네가 15분 동안 쌓은 교양의 결론이냐?"

"잠깐 내 얘기를 좀 들어 봐. 플리~즈. 몇십 년 동안 자기

아내와 아내의 세 자매를 찍은 니콜라스 닉슨의 작품이 내 마음을 완전히 뒤흔들어 놓았어. 루와 내가 그렇게 큰 프로젝트를 할 수 있을까? 우리가 영화제를 위해 단편 영화를 만들었던 것처럼 매년 영화를 만드는 거야. 아니면 매주 만들거나. 매일 만드는 것도 가능하지 않을까?"

"넌 위대한 사진작가인 니콜라스 닉슨에게 영향을 받은 거네. 위대한 예술가들은 서로 영향을 주고받는다고 했지? 그럼 위대한 예술가인 너는 누구에게 영향을 줄 건데?"

"너!"

사이드가 낄낄댔다. 사이드는 내가 농담을 하고 있는 건지, 아니면 잘난 체하고 있는 건지 헷갈리는 눈치다. 나는 계속해서 말했다.

"그래, 처음부터 난 너의 스승이자 멘토였지."

사이드는 한참 말이 없었다. 성공이다.

"진심이야, 친구?"

그렇다고 대답했다. 천연덕스럽게 말했기 때문에 사이드는 완전히 속아 넘어갔다. 사이드가 짜증스러운 표정으로 팔을 휘두르며 아무도 자기한테 영향을 주지 못하다고 소리쳤다. 그러더니 초콜릿 크림을 덥석 움켜쥐고 내 얼굴에 묻히겠다고 협박했다.

"블라드, 어디 한 마디만 더 해 봐. 네 얼굴을 크림으로 덮어 버릴 테니. 다시는 헛소리 못하게 해 주겠어."

금세 내 코와 눈과 입은 온통 크림 범벅이 됐다. 나는 미친 듯이 웃다가 겨우 숨을 고르고 자리에 앉았다.

"농담이야, 사이드. 내가 농담한 거야."

내 말에 사이드가 딱 멈추더니, 초코 크림을 다시 그릇에 담았다.

"내가 크림 공격을 계속할까 봐 그렇게 말한 거지?"

나는 얼굴을 티슈로 닦았다.

"미안, 블라드. 나는 네가 진짜 그렇게 생각하고 있는 줄 알았어."

"정말 하고 싶은 말은 니콜라스 닉슨 때문에 내가 로맨틱해졌다는 거야. 나는 사랑, 열정, 예상치 못한 반전을 원해."

"루랑 함께 있으니까 이미 가지고 있는 거 아니야?"

"그래. 난 루를 사랑하고, 루하고 있으면 설레. 그런데⋯ 잘 모르겠어. 요즘 루가 나와 거리를 두는 것 같았어. 내가 지굿지굿해진 건 아닐까 고민했어. 루가 〈브라운 시스터즈〉 앞에서 내 손을 잡을 때까지 계속 그런 생각이 들었어. 다행히 루가 미술관에서 내 손을 잡아 줬지. 다시 날개가 생긴 것 같은 기분이야."

"그 날개로 뭘 할 건데?"

"이렌느 선생님과 교장 선생님이 서로에게 사랑을 고백할 수 있게 작전을 세우자."

"우리를 뉴욕의 큐피드로 만들 작정이구나."

"뒤틀린 큐피드들이지. 루를 사랑하는 내 마음이 다른 사람들의 삶에도 영향을 주고 있는 것 같아, 그렇지? 루에 대한 사랑이 내게 영감을 주고 있는 거야."

"그 말은 너의 뮤즈는 루가 아니라 루에 대한 너의 사랑이라는 거야?"

사이드의 질문에 나는 아무런 말도 못했다. 쉽게 대답할 수 없는 질문이다. 곰곰이 생각해 봐야 할 것 같았다.

한 시간 정도 그렇게 깊은 사색을 한 뒤 다른 아이들이 있는 곳으로 서둘러 달려가다가 맥도날드 앞에 있는 커다란 버거 모형 앞에서 주저앉았다. 집합 장소로 가자 아이들이 내 눈썹과 머리카락에 말라붙어 있는 크림을 가리키며 물었다.

"너희 싸웠니? 블라드?"

"응, 사이드하고 싸웠어. 하지만 바로 그만뒀지."

"사이드가 블라드와 싸웠다고?"

딜랑이 물었다. 딜랑은 사이드와 나를 번갈아 쳐다보면서 싸움의 흔적을 찾았다.

"아니야, 딜랑. 싸운 게 아니라 장난을 친 것뿐이야."

"그럼 그렇지."

아이들에게 사이드와 내가 생각해 낸 것들을 말했다. 몸이 뒤틀린 큐피드 작전 이야기를. 아이디어가 넘치도록 많아서 두꺼운 노트와 회의 시간표가 필요할 정도였다.

작전을 성공시킬 계획을 짜면서 모두가 들떴다. 늘 까다롭게 구는 마틸드마저도 활짝 웃고 있었다.

그래, 우리한테는 모험이 필요했던 것 같다. 다들 영화를 준비할 때처럼 열성적이다. 이번엔 영화가 아니라 현실인 게 다를 뿐.

"그럼 두 사람을 오붓한 장소에서 만나게 하려면 어떻게 해야 할지 아이디어를 모아 보자."

"화장실에서 만나는 거야."

딜랑의 말에 테아가 웃음을 터뜨렸다. 딜랑은 얼굴을 찡그
리고 항의했다.

"오붓한 장소는 화장실이야. 맞잖아?"

"딜랑, 맞아. 화장실은 아주 오붓해. 하지만 남녀가 화장실
에서 만난다는 건 좀 이상해. 알겠지?"

"어, 냄새가 날 수도 있겠다. 그래, 알겠어."

"엘리베이터 안은 어때? 비좁은 데다 조용하잖아."

테아가 눈을 반짝이며 말했다.

"멋지다. 둘이 엘리베이터 안에 있게 한 다음 엘리베이터를
고장 내는 거야. 몇 시간 동안 비좁은 곳에 단 둘만 있게 하는
거지."

"너 미쳤구나, 샬리. 그건 너무 불안해. 음산하고."

심하지는 않지만 약간의 밀실공포증이 있는 마틸드가 펄쩍
뛰며 반대했다.

"불안해하면 오히려 잘 된 거지. 생각해 봐. 이렌느 선생님
이 무서워하면 교장 선생님이 달래 주는 거야."

"달래 주고, 키스하고!"

"러브 스토리를 잘 만들어 내는데, 딜랑? 이건 완벽한 계획이야!"

사이드가 중간에 끼어들었다.

"으음, 엘리베이터는 뭔가 어정쩡해. 엘리베이터 안에서는 가끔 심각한 일이 일어나잖아. 남자가 여자한테 치근댄다거나 뭔가 아주 수상한 일이 일이나기도 하지. 그리고 미국 사람들은 치근대는 일에 대해서는 절대 웃어넘기지 않아. 오늘 교장 선생님에게 일어난 일을 생각해 봐. 또다시 경찰서에 갈 수는 없어. 안 돼. 다른 것으로 해야 해."

테아가 자기 아이디어로 하자고 고집을 부렸다. 그리고 사이드가 자신의 아이디어에 반대한 것에 기분이 상했는지, 비꼬는 말을 던졌다.

"넌 참 이상해, 사이드. 엘리베이터 안에서 그런 일들을 자주 겪나 보지? 난 그런 적이 한 번도 없었는데 말이야. 형편없는 음악을 들은 것 말고는."

나는 얼른 두 사람의 대화에 끼어들어 말했다.

"내 나름대로 아이디어를 생각해 봤는데…."

"어서 얘기해 봐, 블라드. 결국 시나리오 작가는 너지."

루가 웃었다. 친구들의 시선이 전부 우리 두 사람을 향했다.

"내 계획은 이래. 딜랑이 편지 하나를 교장이 묵고 있는 호텔방 문틈으로 넣고 오는 거야.

"교장 선생님의 방에."

"그래, 딜랑. 교장 선생님의 방에 말이야."

딜랑이 웃고, 우리 모두 따라 웃었다.

"그리고 루가 여자들이 묵고 있는 호텔방 문틈으로 다른 편지를 밀어넣고 오는 거지. 편지에는 '오늘 저녁 7시에 호텔 옥상에서 만나요. 제일 예쁜 드레스를 입어요. 이건 장난이 아닙니다.'라고 쓸 거야."

"교장 선생님이 드레스를 입어야 해?"

"아니, 딜랑. 이건 이렌느 선생님에게 보내는 편지야. 교장 선생님한테는 '복장'이라고 바꿔 쓸 거야."

내 말에 쌍둥이 자매가 여성해방운동가의 자세로 전투에 돌입했다. 한 사람은 비밀 언어, 다른 쪽은 프랑스어를 쓰며 내게 따졌다.

"아필뤼 그라도뤼드 페멩피렐리 스트라토강그레누우!"

"뭐라고? 네가 하는 말은 형편없어. 여자가 치마를 입어야 만 섹시하다고 생각하는 건 아주 바보 같은 생각이야! 이렌느 선생님은 작업복이나 트레이닝복을 입을 자유가 있어. 교장 선 생님이 이렌느 선생님을 정말 사랑한다면 무엇을 입든 이렌느 선생님을 사랑할 거야."

"그래, 그래. 네 말이 맞아. 낭만적인 분위기를 연출하고 싶 었을 뿐이야. 서로에게 멋져 보이기만 하면 돼."

"옷은 중요한 게 아니야."

시간 낭비를 하고 있다고 생각한 건지 사이드가 딱 잘라 말 했다. 사이드는 내 아이디어가 마음에 드는지 내가 세운 계획을 이어갔다.

"어쨌든 두 사람은 호텔 옥상에 가게 될 거야. 옥상에는 촛 대와 하얀 식탁보로 멋지게 꾸며 놓은 테이블이 있어. 과자도 있고, 낭만적인 음악도 흐르고 있지."

우리의 계획에 샬리는 말끝마다 구두점을 찍듯이 유쾌한 웃음소리를 냈다. 테아는 박수를 치고, 루는 고개를 끄덕였다. 마틸드만 냉담한 태도로 가만히 있더니, 마침내 감동적인 계획 임을 인정했다.

"너희 두 사람은 정말로 몸이 뒤틀린 큐피드구나."

"우와! 드디어 인정받았군. 좋아, 둘이 오붓한 시간을 보낼 수 있게 우린 사라지는 거야. 두 사람은 함께 저녁 시간을 보내고, 춤을 추고, 재미있는 이야기를 나누겠지."

"마지막에는 키스를 하고!"

마틸드가 박수를 치고, 모두가 웃음을 터뜨렸다.

"좋아. 모든 게 완벽해. 대신 할 일이 많아. 음식도 사야 하고, 촛대도 찾아봐야 해."

"길 반대편 끝에 있는 작은 시장에서 꽤 괜찮은 것들을 3달러에 팔더라. 그중에서 장식할 만한 것을 찾아낼 수 있을 거야."

"음식은 호텔 식당에서 주문할 수 있어."

이렇게 우리의 작전이 시작되었다. 우리는 최선을 다해 내일 밤을 준비하기로 다짐했다. 나는 우리가 자랑스러워할 순간이 머지않아 올 거라고 확신했다.

잠자리에 들어서도 상상은 끊이지 않고 이어진다. 머릿속에서는 한 편의 영화가 펼쳐지기 시작한다. 늘 그렇듯 커다란 스크린을 배경으로 미래의 내 모습을 꿈꾼다.

이 완벽한 영화는 블라디미르 뒤샹과 그의 공동 시나리오 작가인 사이드 메르하드가 만든 것이다. 숨이 멎을 만큼 놀라운, 낭만주의를 대표하는 작품이다. 연기의 방향이 잘 잡힌 배우들, 섬세하게 다듬은 대사, 긴박감이 넘치는 플롯, 멋진 배경이 담긴 이 영화는 가히 오손 웰즈나 우디 앨런의 작품들과 어깨를 나란히 할 만하다. 프랑스 영화계에서 이미 유명한 두 사람은 이 영화를 통해 떠들썩한 반응을 일으키며 세계 영화계로 진출하는 쾌거를 이뤘다. 세계 유수의 영화제에 초대받고 엄청난 환호를 받을 두 사람의 모습이 기대된다. 브라보!

테아

큐피드의 화살은 어디로

어디서부터 시작해야 할지 모르겠다. 이 계획을 세기의 실패라고 해야 할지, 역사에 남을 가장 웃긴 이야기라고 해야 할지…. 나는 전자 쪽으로 마음이 기운다. 그리고 사이드는 세상에서 가장 삐거덕거리는 계획의 연출가임이 틀림없다.

정오가 되자 우리는 이렌느 선생님과 교장 선생님에게 자유시간이 필요하다고 말했다. 우리끼리 호텔 근처에 있는 스케이트장에 가겠다고 한 것이다. 마틸드도, 추우면 꼼짝 못 하고 눈길에 잘 미끄러지는 딜랑도 잘 보살피겠다고 약속했다. 우리

들의 요청에 이렌느 선생님은 '한마디로 이건 있을 수 없는 일'
이라고 말했다. 단호한 대답에 나는 잠시 아무런 대응을 못 하
고 있었다. 그 사이에 루가 옆에서 뭐라고 선생님을 설득하는
모습이 보였다. 내가 정신을 차리고 막 움직이기 시작했을 때,
친구들은 벌써 바깥으로 나가 호텔 앞에 서 있었다.

"어? 우리가 처음 한 말에 뭔가 논리적으로 빈틈이 있었나?
이렌느 선생님이 뭐라고 하신 거야?"

"선생님이 우리끼리 가도 좋다고 하셨어, 테아. 너 딴생각
했니?"

블라드가 물었다.

"어, 좀 그랬나 봐. 그런데 어떻게 '절대로 있을 수 없는 일'
에서 '괜찮아'로 옮겨갔지?"

"루가 설명을 좍 늘어놓았지. 우리가 왜 자유 시간을 원하
는지를 말이야."

"그것 때문에 선생님이 마음을 바꾼 거야?"

"아니, 루가 선생님에게 길모퉁이에 있는 아주 럭셔리한 스
파의 마사지 상품권을 내밀었을 때 마음이 누그러진 거지."

"상품권은 어디서 난 거야?"

"교장 선생님이 샀어. 이렌느 선생님에게는 휴식이 필요하다, 쉬지 않으면 당장 프랑스로 돌아가 버릴지도 모른다고 말했더니 돈을 내더라고. 결국 교장 선생님이 이렌느 선생님을 호강시켜 준 셈이지."

우리는 두 어른들의 마음이 바뀌기 전에 얼른 도망쳤다. 사이드가 마틸드의 휠체어를 밀고, 블라드와 루는 완벽한 커플의 모습으로 앞서 걸으며 길을 열어 주었다. 딜랑은 샬리와 나 사이에 끼어서 걸었다. 우리는 팀을 나누었다. 한 팀은 옥상과 테이블을 꾸밀 장식품을 사러 가고, 다른 팀은 도시의 정글 속에서 별 네 개짜리 요리를 찾으러 떠났다. 그러는 동안 세 번째 팀은 카페에서 '옥상의 낭만'을 완성할 음악 재생 목록을 준비했다.

3시간 뒤에 우리는 센트럴파크에 있는 발토 동상 앞에 모였다. 딜랑을 기쁘게 해주기 위해서였다. 딜랑은 이 시베리안 허스키의 삶을 담은 애니메이션 영화를 보고, 늘 발토의 동상을 보고 싶어 했다. 우리는 그 애니메이션 영화를 본 적이 없지만 발토가 1925년 알래스카 서북단의 작은 마을에 퍼진 디프테리아라는 전염병에 맞서 싸운 영웅이라는 것은 잘 알고 있다. 썰

매견들은 영하 50도의 눈보라 속에서 환자들을 치료하기 위한 혈청을 쉬지 않고 날랐는데, 발토는 그 험난한 여정을 끝내 성공시킨 선도견이었다. 딜랑은 완전히 감동해서 발토 동상을 한참 동안 쓰다듬었다.

우리는 각자 찾아온 것들을 내놓았다. 우아한 촛대, 중고 크리스마스 장식들, 네덜란드 연어 소스, 프랑스 샴페인, 수놓아진 식탁보가 모였다. 그런데 식탁보는 환불하기로 했다. 프랑스계 미국인인 음식점 주인 할머니가 빌려주기로 했기 때문이다. 할머니는 우리 이야기에 열광하며 유통기한이 몇 시간 지나 판매할 수 없는 연어로 요리까지 만들어 주었다.

그런 다음 우리는 월먼 아이스 링크로 갔다. 이렌느 선생님이 보여 달라고 할 때를 대비해 사진을 찍어 놓아야 했다. 빙판 위에서 딜랑이 마틸드를 밀고, 한쪽 옆에서 사이드가 다른 쪽은 샬리가 딜랑을 잡고 천천히 움직였다. 그리고 좀 떨어져서 털 달린 모니크를 든 블라드가 천천히 뒤쫓아 왔다. 그러다 넘어진 블라드가 다시 일어나려고 두 다리와 팔을 버르적대는 모습을 보고, 블라드를 도와주러 달려가다가 그만 미끄러져서 얼음판 위를 기었다.

사람들 앞에서 유쾌하고 이상한 모습을 한껏 보인 우리는 기진맥진해져서 바닥에 널브러졌다. 앞으로 살면서 두고두고 오늘을 기억하게 될 거라 말하면서 즐겁게 웃었다. 엉덩이는 불이 난 것처럼 아프고, 여기저기 멍이 들고, 뺨은 온통 빨개진 채로 아이스 링크를 배경으로 성조기 아래서 사진을 찍었다.

우리는 호텔로 돌아와 뉴욕 느낌을 내기 위해 영어로 초대장을 작성했다. 연어 요리와 샴페인은 옥상의 눈 속에 파묻어 감춰 두고, 크리스마스 장식품으로 옥상을 꾸몄다. 정말로 근사했다. 복도에서 발견한 작은 원탁을 빌려와 음식점 주인 할머니가 빌려준 수놓인 식탁보를 깔았다. 그리고 그 위에 샬리가 호텔 식당에서 조심스럽게 훔쳐 온 접시와 샴페인 잔을 놓았다. 식기는 내일 아침 식사 때 식당에 다시 잘 가져다 놓을 예정이다. 마지막으로 전기선을 끌어다가 장식 전구를 켰다. 그리고 불을 붙이기만 하면 되는 상태로 촛대를 준비해 놓았다. 저녁 6시 30분쯤 모든 준비가 끝났다. 아주 예쁘고, 로맨틱했다.

블라드와 사이드가 옥상에 숨어 있다가 이렌느 선생님과 교장 선생님이 오는 모습을 동영상으로 찍고, 음악을 틀기로 했다. 딜랑과 루는 방문 틈으로 편지를 넣는 일을 맡았다. 나는 마틸드하고 샬리와 함께 계단에 숨어서 두 사람이 옥상으로 가는 과정을 감시하기로 했다. 워키토키가 있었으면 더 재미있었겠지만 없는 관계로 휴대폰을 이용해 이 대단한 프로젝트가 잘 굴러가고 있는지 확인하기 위해 수시로 연락하기로 했다.

그랬다. 여기까지가 우리의 멋진 계획이었다. 하지만 계획했던 것과 실제로 일어난 일 사이에는 엄청난 차이가 있었다.

7시 2분에 딜랑과 루가 편지를 전달했다. 여기서 첫 번째 난관에 부닥쳤다. 문틈으로 편지를 밀어넣어야 하는데, 틈이 너무 좁아 봉투가 들어가지 않았다. 결국 루와 딜랑은 문 앞 매트 위에다 편지 봉투를 올려놓았다.

루가 단체 톡방에 메시지를 남겼다. 단톡방 이름은 '뒤틀린 큐피드'다.

편지는 문 앞에 놔뒀음. 다른 방법이 없었음.

이렇게 되면 이렌느 선생님과 교장 선생님이 거의 동시에 편지를 볼 거라고 어떻게 확신할 수 있지?

상황을 눈치챈 블라드가 메시지를 보냈다.

계획 변경: 딜랑과 루는 방문을 세 번 노크하고 복도 끝으로 달려가 숨는다.

두 번째 난관만 아니었다면 계획은 뜻대로 굴러갔을 것이다. 두 번째 난관은 블라드의 메시지가 우리에게 전달되는데 꽤 시간이 걸렸다는 점이다. 나중에 어떻게 된 일인지 되짚어보다가 이런 사실을 알게 되었다. 블라드의 손가락이 얼어서 메시지를 쓰는 게 느렸거나 아니면 네트워크의 문제였을 수도 있다. 요컨대 블라드는 메시지를 보내 이 작전을 지휘했지만, 불행히도 중요한 명령이 전달되지 않았다.

블라드가 메시지를 보냈다고 생각하고, 실제로 그 메시지가 우리에게 전달됐던 4분 사이에 예기치 못한 일들이 일어났다. 사건이 모두 종료된 후 우리끼리 처음부터 끝까지 모든 과정을 되짚어봤을 때, 전말은 이랬다.

그 4분 사이, 14층 담당 메이드는 환기를 시키려고 복도의 창문을 연다. 때마침 불어온 바람에 교장 선생님 방문 앞에 놓인 초대장이 날아가 옆방 앞으로 떨어진다. 그 방에는 존 던컨이 묵고 있다. 존 던컨은 플로리다 태생으로 78세 생일을 기념하려고 증손자 바튼과 함께 뉴욕에 왔다.

15층에는 멜린다 카사 델라 베르데라는 부인이 묵고 있다.

1967년도 미스 우루과이였던 그녀는 데이지를 산책시키려 나온다. 피곤했기 때문에 계단을 이용해 한층 내려가서 복도를 걸어다니는 걸로 산책을 낼 작정이다. 그런데 여자애들이 묵고 있는 방문 앞을 지나가던 데이지가 초대장을 덥썩 물더니 우물우물 씹기 시작한다. 15층에 있는 자기 방으로 돌아갈 생각만 하던 멜린다는 개가 물고 있는 편지를 발견한다.

7시 6분, 존은 식당에 가려고 방을 나선다. 편지를 발견하고 척추 뼈가 고장 날 위험을 무릅쓰고 허리를 숙여 편지를 집어 든다. 편지를 읽는다. 뉴욕에 아는 사람이 하나도 없기 때문에 증손자인 바튼이 자신을 위해 깜짝 파티를 준비한 모양이라고 생각한다. 그는 옥상으로 연결된 계단 쪽으로 서둘러 간다.

같은 시간 멜린다는 귀까지 빨개진다. 그녀는 그것이 자신에게 온 편지이고, 자신을 남몰래 숭배하는 사람이 보낸 것으로 착각한다. 그녀한테는 늘 있는 일이다. 어쨌든 예전에 미인대회에 나갔던 사람이니까. 그녀는 엘리베이터로 향한다. 가슴이 두근거리고 좀 흥분되기도 한다. 이렇게 낭만적인 방법으로 사랑을 고백받은 게 얼마 만인지 생각한다.

7시 7분, 당황한 루가 큐피드 팀에 메시지를 보냈다.

위기 상황! 이렌느 선생님에게 갈 편지가 노부인의 손에 들어감!!!

7시 8분, 이번에는 마틸드가 메시지를 보냈다.

교장 선생님에게 갈 편지가 꽃무늬 셔츠를 입은 할아버지 손에 있음! 19층으로 바로 올라감! 대참사! 우린 뭘 해야 하지???

7시 9분, 블라드에게서 아주 간단한 메시지가 왔다.

아무것도.

그렇게 해서 7시 17분에 블라드와 사이드는 옥상으로 난 문이 열리는 것을 보게 되었다. 블라드와 사이드는 완벽하다고 믿은 계획이, 그것도 아주 참담하게 실패했다는 것을 알았다. 그래도 그들은 아무도 모르게 영상을 찍기로 마음먹었다.

영상을 보면 존이 들어오는 것이 보인다. 옥상에 증손자가 보이지 않자 어리둥절한 표정으로 앞으로 걸어간다. 그가 전혀 알지 못하는 낭만적인 상황에 이끌려 앞으로 걸어가는 순간 사이드가 휴대폰을 작동해 음악을 튼다. 에드 시런의 〈퍼팩트 Perfect〉가 흐르는 가운데 존이 앞으로 나아간다. 블라드는 존의 얼굴을 클로즈업한다. 그러는 동안 사이드는 들키지 않게 조심하면서 테이블 위에 놓인 크리스마스 장식 전구를 킨다. 촛불이 바람에 흔들리며 작은 불빛을 만들어 낸다. 그리고 이 모든 것이 어우러져 환상적인 분위기가 연출되고 있다.

그때 멜린다가 모습을 드러낸디. 겁을 믹은 데이시가 소심하게 짖는 소리가 들린다. 그 소리에 뒤돌아본 존의 눈에 한껏 멋을 부린 예쁜 여자가 걸어오는 모습이 보인다. 하얀 인조털 코트를 입고 깃털 달린 모자를 쓴 여자는 강렬한 빨간색 립스틱을 바르고 있다.

존의 머릿속에 많은 생각이 스쳐 지나간다. 자기 쪽으로 걸어오는 여자는 누구일까, 자신이 아는 누구랑 관련된 사람일까 생각해 본다. 젊은 시절에 사귀었던 여자들을 하나하나 떠올려 보지만, 매력적인 이 여인과 맞아떨어지는 이름은 없다. 지금 벌어지는 일이 전혀 실감이 나지 않아서 왼쪽을 봤다가 오른쪽 봤다가 주위를 두리번거린다. 바튼이 '서프라이즈!'를 외치며 짜잔 나타나지 않을까 하는 생각에서다. 하지만 그런 일은 일어나지 않는다. 그녀는 지금 1미터 앞에 있다.

블라드는 계속 영상을 찍는다.

멜린다가 다가온다. 그녀는 이 남자를 알고 있다. 어제 호텔 로비에서 그를 봤다. 그의 꽃무늬 셔츠를 보고 아주 깜짝 놀랐다. 한겨울 뉴욕에서 보기 힘든 옷차림이기 때문이다.

멜린다는 자신의 비밀스러운 숭배자가 매력적인 사람이라고 생각한다. 옥상을 장식한 센스가 그녀의 마음을 사로잡는다. 그녀에게 이렇게 아름다운 서프라이즈 파티를 해 준 사람은 지금까지 단 한 사람도 없었다. 감격한 그녀는 존에게 말을 건넨다. 영상에 그녀의 입술이 가볍게 떨리는 것이 보인다.

"멋져요! 당신이 나를 위해 준비한 모든 것들이 정말 훌륭해요. 언제부터 날 사랑한 거예요?"

존은 무슨 일이 벌어지는 건지 잘 이해가 되지 않는다. 그는 이 여자를 모른다. 여자의 강한 스페인 억양 때문에 그녀의 말을 제대로 알아듣지도 못한다. 하지만 그는 그녀를 실망시키고 싶지 않다. 얼굴에 비친 빛 때문에 그녀는 더욱 예뻐 보인다. 그녀는 눈에 눈물이 고인 채로 그에게 손을 내민다.

존은 그녀의 손을 잡을지 말지 망설인다. 그는 여전히 이것이 바튼의 서프라이즈 선물이라고 생각한다. 그래서 그는 아무

말도 하지 않고 초대장을 바지 뒷주머니에 넣은 다음 멜린다의
손을 잡는다.

"여기 앉으시겠어요, 아가씨? 오늘 밤은 우리 것입니다."

7시 33분, 사이드가 다른 친구들에게 메시지를 보냈다.

여기는 한눈에 반한 상황! 모두 올라와!

7시 37분, 마틸드를 빼고 모두 옥상으로 올라갔다. 마틸드
도 올라오고 싶어 했지만, 장애인이 옥상에 올라가도록 대비를
해놓지 않았기 때문에 계단 아래에 남아 있어야 했다. 우리는
작은 벽 뒤에 숨어 있는 두 친구와 만났다.

그리고 우리 앞에 펼쳐지는 장면을 바라봤다.

벤 하퍼의 노래가 흐르는 가운데 존과 멜린다가 연어 요리
를 먹고 있었다. 샴페인 잔을 부딪치며 마치 예전부터 알고 있
던 사람들처럼 웃고 있었다.

그때 사이드가 내 귀에 속삭였다.

"우리가 완전히 실패한 건 아니야. 틴더(데이팅 앱-옮긴이)
처럼 오프라인 소개팅을 성사시킨 셈이지. 저 사람들을 봐. 정
말 행복해 보여."

달빛을 받은 사이드는 잘생겼다. 사이드를 보고 있으니 심장이 두근거렸다.

7시 45분, 우리의 계획은 실패했지만 우리는 마법처럼 한눈에 반하는 장면을 눈앞에서 보고 있었다.

조금 뒤에 우리는 사랑하는 두 사람을 옥상에 남겨두고, 서둘러 마틸드를 보러 갔다.

7시 54분, 루가 이렌느 선생님의 문자 메시지를 받았다.

어디 있니? 난 바에서 교장 선생님에게 잡혀 있어. 짜증이
나서 폭발하기 일보 직전이야. 오늘 저녁은 맥도날드에 가서
먹자.

나는 꾹 참고 저녁 식사를 했다. 염소로 닦은 병아리로 만든 너겟과 아질산나트륨이 잔뜩 들어간 마요네즈와 암을 유발하는 설탕이 가득 들어 있는 콜라를 먹었다. 식사를 하면서 아이들이 이렌느 선생님과 교장 선생님에게 보여 준 아이스링크 사진을 애써 무시했다. 딜랑의 말실수도 무시했다.

"우리가 착각한 거예요. 진짜로 서로 사랑하는 사람들은 옥상에 있는 어른들이에요."

이렌느 선생님이 나를 향해 돌아서서 물었다.

"도대체 딜랑이 무슨 말을 하는 거니? 너희들이 딜랑에게 술을 먹인 건 아닐 텐데?"

나는 우리들이 웃음으로 선생님을 속여 넘기고 서로 곁눈질을 하는 것을 너그러운 마음으로 모른 체 했다.

저녁 내내 나는 힘들게 준비하고, 계획을 세우고, 결국 실패한 우리의 작전을 곱씹어 봤다. 구체적인 속사정은 알 수 없지만, 다음 세 가지는 분명했다.

첫째, 옥상에서 한눈에 반하는 일이 정말로 일어났다. 뒤틀린 큐피드 팀 만세!

둘째, 우리는 헛다리를 짚었다. 이렌느 선생님은 교장 선생님을 전혀 사랑하지 않는다. 교장 선생님을 짜증스러워하는 기색이 역력하다.

셋째, 오히려 교장 선생님이 이렌느 선생님에게서 눈을 떼지 못한다. 이렌느 선생님을 삼킬 듯이 쳐다본다. 따라다닐 기세다.

4층 복도에서 우리는 손을 잡고 있는 두 사람과 마주쳤다. 그들은 여전히 웃고 있었다. 그들에게 새로운 삶이 다시 시작된 것 같아 보였다. 우리는 아무 말도 하지 않고, 서로 마주 보며 웃었다.

옥상에 올라가서 우리가 벌여 놓은 것들을 정리했다. 어쩌다 실패하게 된 건지 이유를 찾아내려 모든 것을 분 단위로 다시 이야기해 보았다.

얼마 지나지 않아 왜 실패하게 된 건지 알게 되었다. 그리고 왜 성공하게 되었는지도.

휠체어가 갈 수 없는 길

"'the walkway is too narrow'가 무슨 뜻이야?"

"통로가 너무 좁다는 뜻이야."

"너무 좁다는 건 얼마나 좁다는 걸까?"

루가 다시 직원에게 가서 이것저것 자세히 묻기 시작했다.

아무렇지 않은 척하고 있지만 나는 루에게 감탄하는 중이다. 루는 사람들이 영어로 말하는 내용을 모두 알아듣는다. 그뿐 아니라 사람들에게 자신의 말을 이해시킨다.

돌아가는 상황을 보니, 내 바람과는 달리 휠체어를 탄 나는 옥상으로 나갈 수 없는 것 같다. 화가 치밀어 오른다.

핸드폰에 온 메시지대로라면, 이렌느 선생님과 교장 선생님을 이어 주려는 계획은 대실패했다. 그리고 이러한 사실을 받아들여야 하는 것에 나는 낙담했다.

오, 게다가 나는 주인공들이 무대에 제대로 등장하는지 확인하는 일을 맡았다. 블라드의 말에 따르면 '주역'을 맡은 셈이다. 그렇지만 친구들이 옥상에서 직접 한눈에 사랑에 빠지는 생생한 현장을 목격한 반면, 나는 사건이 모두 종결된 후에 블라드가 찍은 영상을 볼 수 있었을 뿐이다.

영상 상태가 고르게 좋은 것도 아니었다. 노부인이 돌아서 있는 것 말고는 화면에 아무것도 보이지 않는데, 샬리는 두 사람이 사랑에 빠지고 있는 장면이라면서 엄청나게 웃어댔다.

나한테 선택의 여지가 없다는 것을 잘 안다. 친구들이 계단으로 나를 데리고 가기엔 벅차다는 사실도 잘 안다. 사이드가 나를 데리고 올라가겠다고 했고 쌍둥이 자매도 그러자고 했지만, 루가 그건 매우 위험한 일이며 정말로 쓸데없이 위험을 무릅쓰는 짓이라고 했다. 당연히 루의 말이 옳다. 루의 말이 옳다는 걸 알지만, 내 기분은….

"대신에 이번 일을 보상할 거야, 마틸드. 맹세할게. 우리가 너만을 위해 뭔가를 꼭 해 줄게."

실망하고 화가 난 나에게 루는 그렇게 말했다. 그리고 오늘은 정말로 모두가 나를 위해 움직였다.

지난번 아침을 먹은 식당 주변에서 사진을 찍지 못해 아쉬워하는 나를 위해 다들 아침 6시에 일어났다. 배터리 파크까지 지하철 대신에 저상버스를 탄 것도 나를 위해서였다. 지하철역에는 휠체어 타는 사람들을 위한 시설이 마련되어 있지 않았기 때문이다. 선착장에 도착해서도 공항에서처럼 내 안전을 단단히 챙기더니, 매표소가 문을 열기 45분 전부터 페리 탑승 줄을 섰다. 여객선의 가장 좋은 자리에 나를 태우기 위해 그랬다.

교장 선생님과 이렌느 선생님은 내가 배에 오르는 가파른 가교를 통과할 수 있게 도와주었다. 사이드와 테아가 빠르게 내 휠체어를 밀었다. 두 사람에게는 휠체어를 미는 좀 특별한 기술이 있다. 럭비 선수처럼 어깨를 맞대고 매우 거칠게 휠체어를 민다. 그럴 때면 샬리가 항상 못마땅하게 쳐다보곤 했는데, 이번에는 좋은 뜻으로 한 거라 그런지 웃는 얼굴이었다. 일행의 도움으로 나는 배의 앞쪽에 있게 되었다. 딜랑은 '뱃머리'라고 정확하게 표현하고 싶어 했다. 교장 선생님에게 이 단어를 배워서 알게 된 걸 무척 자랑스러워했다.

페리는 리버티섬을 향해 움직였다. 리버티섬에는 자유의 여신상이 당당한 자세로 서서 우리를 기다리고 있었다. 자유의 여신상은 눈을 뗄 수 없을 정도로 근사했다. 그녀는 한 손에는 횃불을 들고, 책을 팔에 끼고 먼바다를 당당하게 바라보고 있었다. 그동안 영화와 인터넷을 통해 여러 차례 본 적이 있지만, 실제로 여신상을 보자 너무 아름다워서 눈물이 났다.

나보다 먼저 자유의 여신상을 본 수많은 이민자들은 자신들의 꿈이 실현되는 상징물을 보고 어떤 감상에 젖었을까. 아름다운 여신상을 보고 있자니, 마치 그녀가 나를 기다리고 있었다고 말을 거는 것 같았다. 그리고 발목까지 늘어진 긴 옷 사이로 드러난 다리를 보며, 멀쩡한 두 다리가 있어도 휠체어를 탄 나보다 더 자유롭지 않겠다는 바보 같은 생각도 들었다.

쭉 뱃머리에 있었기 때문에 우린 페리에서 맨 마지막으로 내렸다. 모두들 얼음처럼 차가운 푸른 하늘에 제 윤곽을 뚜렷하게 드러내고 있는 여신상을 보며 감탄했다. 올려다보고 있으니 살짝 현기증이 났다. 그 모습을 보고 블라드가 말했다.

"최고 높은 곳에 있는 대신 정말 춥겠다."

우리는 여신상의 꼭대기, 정확히 말하자면 왕관까지 올라갈 수 있는 방법을 찾으려 열심히 안내서를 뒤졌다. 안내서에는 꼭대기까지 400개의 계단을 올라가야 한다고 적혀 있었다. 이 말은 심장을 조심해야 하는 딜랑, 몸이 불편한 블라드와 나, 이렇게 셋은 불가능하다는 뜻이었다.

"한 번이라도 마틸드를 올라가게 해 주는 게 어떨까? 받침대까지만이라도."

교장 선생님이 말했다. 다들 깜짝 놀라 선생님을 쳐다보았다. 교장 선생님이 이런 제안을 하다니…. 우리는 경찰서 사건 이후로 교장 선생님이 무언가를 제안하는 일은 없을 줄 알았다.

"생각해 보렴. 마틸드가 위에 올라가서 아래에 있는 우리들의 단체 사진을 찍어 주면 정말 근사할 것 같지 않니?"

처음에는 그게 가능할까 싶었지만, 이것저것 따져 보더니 가능하겠다는 생각이 들었는지 모두들 고개를 끄덕였다. 교장 선생님에게 정말 좋은 아이디어라고 말했다.

나는 반대했다. 그건 어리석은 생각이라고, 내가 모든 사람들보다 더 높이 있는 게 무슨 의미가 있냐고 말했다. 하지만 속

마음을 솔직하게 털어놓자면 정말로 가 보고 싶었다. 그게 바로 내가 결국 하겠다고 동의하게 된 이유다.

"알았어, 알았어. 내가 올라갈 테니 너희는 아래에 있어. 너희 모두 개미 떼처럼 보이겠다. 그런데 누가 나를 데리고 가는 거야?"

내 말에 자기네들끼리 제비뽑기를 했고, 루가 당첨되었다. 다른 아이들은 기꺼이 루에게 승리를 양보하겠다고 마음먹은 것이 틀림없다.

섬에서 또 한 번의 보안 검사를 거친 뒤, 멋진 내 친구와 함께 엘리베이터를 탔다. 다른 사람들은 바깥에서 기다리기로 했다. 원래는 박물관을 둘러볼 예정이었지만, 가방을 맡기는 비용을 지불해야 한다는 것을 알고, 박물관을 둘러보는 문화적인 방문을 취소했다. 내가 장담하는데, 아마 애들은 박물관 투어가 취소된 걸 다행으로 여기고 있을 거다.

"지금 행복하니?"

루가 내게 물었다.

"웬만큼. 그러니까 음, 220톤이나 되는 여자의 발가락 속으로 기어들어 가야 한다고 생각하지 않는 한은 행복해."

"그리고 200년 동안 한 번도 발을 씻지 않았을 게 분명한 여자의 발가락이기도 하지."

이렇게 바보 같은 농담을 하면서 우리는 받침대 꼭대기까지 올라왔다. 그곳에서 내려다본 뉴욕의 모습은 숨이 멎을 정도로 놀라웠다.

"진부한 표현만 떠오르는 게 속상하지만… 정말 숨이 멎을 것 같아. 높이가 40미터가 되니까 확실히 숨이 잘 안 쉬어져."

허공을 보고 있는 루의 얼굴이 창백했다.

"루!"

"무무뭐어?"

"너 좀 어지러운 거 아니니?"

"아아아니, 저어어언혀."

얼굴이 하얗게 질렸는데도 내 친구 루는 아니라고 했다. 우리는 잠시 멀리 보이는 도시와 유리 천장으로 보이는 여신상의 금속 구조물에 감탄하며 서 있었다. 그러다 루에게 말했다.

"좋아, 이제 나갈까?"

훤히 보이는 유리로 막혀 있는 받침대의 상층부는 밖으로 통하는 전망대로 빙 둘러싸여 있다. 바람에 머리가 헝클어지고,

반은 황홀하고 반은 겁에 질린 표정으로 전망대에 서 있는 사람들을 보고 있자니 딱 한 가지 생각만 들었다. 당장 친구들을 만나러 밑으로 내려가고 싶은 생각뿐이었다. 그때 직원이 우리에게 말했다.

"Sorry, no wheelchair. It's too narrow(미안하지만 휠체어는 안 돼요. 통로가 너무 좁거든요)."

"직원이 그러는데, 네가 가면 다른 사람들이 움직일 수가 없대. 더구나 안전 문제 때문에 법으로 금지되어 있대."

직원과 5분 정도 더 이야기를 나눈 루가 내게 설명했다.

직원이 얼굴을 찌푸렸다. 진심으로 미안한 표정이지만, 그라고 딱히 할 수 있는 게 없었다. 결론은 전용 통로가 없으므로 휠체어는 안 된다는 거다. 그러니까 바람에 머리카락이 날릴 일도 없는 거다.

이해는 하지만, 또다시 골인 지점 앞에서 포기해야 하는 것에 분통이 터진다. 고작 몇 미터 앞, 몇 걸음 앞에서 멈춰야 한다는 사실에 화가 난다. 목표에 도달하는 단 몇 걸음을 나는 갈 수가 없다. 나는 고개를 끄덕였다.

"알았어, 루. 다음 엘리베이터가 오면 내려가자."

그러자 내 친구가 의미심장한 미소를 지었다.

"어림없어, 친구야. 사진은 어쩔 건데?"

아 그래, 사진. 또다시 내가 포기해야 하는 일이다. 작은 통로를 둘러싼 벽은 너무 높다. 내가 절대 내려다볼 수 없는 높이다. 휴대폰을 꺼내 루에게 건네줬다.

"어서 가. 여기서 기다리고 있을게."

"어림없는 소리! 사진은 네가 찍는 거야. 그것 때문에 우리가 여기까지 온 거잖아."

"하지만 루, 저 사람이 말했잖아. 휠체어는 안 된다고."

"휠체어가 안 된다는 건 '마틸드가 안 된다'는 뜻이 아니야. 내가 아는 한 넌 낙오자가 아니야. 네 휠체어 바퀴보다 더 바람 빠진 소리를 할 거야?"

그렇게 해서 3분 뒤, 나는 루의 등에 업혀 있었다. 그리고 두 프랑스 소녀들이 돌난간에 꼭 달라붙어 있는 기이한 장면이 연출되었다.

그리고 나는 아래에서 우리를 향해 신호를 보내는 친구들을 보며 기뻐서 소리를 지르다 다시 무서워서 비명을 지르고,

그리고 휴대폰을 허공에 떨어뜨리는 건 아닐까 생각하니 배 속에 구멍이 나는 것 같고,

그리고 나와 딱 붙어 있는 루는 눈을 감은 채로 계속 소리를 지르고,

그런데도 우리는 바보같이 웃으며 빙빙 돌고 있다. 사람들의 환호를 받으며, 마치 영화의 한 장면처럼…

날 수 있다면 다리는 필요 없다.

그리고 친구들에게 기댈 수 있다면 다리는 필요 없다.

"정말 멋졌어. 루, 고마워."
"천만에, 내 친구. 우린 충분히 그럴 만한 사이잖아."
"괜찮아?"
"현기증만 빼면. 그래, 완전 괜찮아. 넌 기분이 어때?"
나는 잠시 생각을 정리한 후에 말했다.

"이 세상의 여왕이 된 것 같은 기분이야. 가장 친한 친구를 탈것으로 삼는 여왕이 있다면 말이야. 하지만… 어…"

"말해, 마틸드."

"지금 좀 화장실에 가고 싶은 것 같기도 해."

루가 안됐다는 듯 한숨을 내쉬었다.

"얼마나? 급해?"

"'아주 급한' 것에서 조금"

"그럼, 아주 급한 상태란 거네. 엘리베이터까지 10분은 걸리겠지?"

"그럴걸. 엘리베이터를 타려는 대기 줄은 빼고서 말이야."

그 뒤로 이어진 20분은 단언컨대 내 인생에서 가장 영광스러운 순간은 아니었다.

"이제 좀 편안해졌어?"

루가 나에게 물었다.

"세상이 달라 보여. 이따금 행복이 별것 아니라는 생각이 들어."

루가 웃었다. 나는 화장실에서 빠져나와 가벼워진 몸으로 곡예를 하듯 휠체어 위로 내 몸을 치켜 올렸다. 손을 씻으면서 거울로 본 루의 얼굴이 꽁꽁 얼어 있다는 걸 그제야 알아챘다. 루의 낯빛은 아직도 하얗게 질려있었다.

"루, 너 지금도 머리가 어지럽니?"

"그건 아니야. 그런데….."

루가 얼굴을 찌푸리며 무슨 말을 하려다가 머뭇거렸다.

"뭐야, 루. 우리는 화장실도 같이 쓰는 사이잖아. 나한테 털어놓지 못할 게 뭐 있어?"

그러나 내 농담에도 루는 웃지 않았다. 내 쪽으로 돌아서는 루를 보니 진짜로 아픈 표정이다.

"마틸드, 그게… 너한테 이런 걸 묻는 게 좀 미안한데… 장애인한테 헤어지자고 말해도 괜찮을까?"

어이쿠! 복잡한 일이다.

플라샤르

새로운 진실과 마주할 때

플라샤르, 내 이름은 플라샤르, 프랑수아 플라샤르.

물론 '본드, 내 이름은 본드, 제임스 본드'보다는 덜 좋게 들린다. 하지만 기껏해야 그 정도다. 어쨌든 오늘 밤은 본드처럼 완벽한 비밀 요원으로 변신해야 한다.

23번가 경찰서에 다녀온 뒤로 모든 것이 달라졌다. 경찰서 경험은 자신을 완전히 다른 사람으로 다시 태어나게 해줬다. 거미에게 물렸을 때의 피터 파커(스파이더맨)나 감마선에 노출되었을 때의 브루스 배너(헐크)랑 비슷하다고 할 수 있다.

아니, 이제 그만. 그걸로 됐다. 이제부터 공상하는 버릇을 버려야 한다. 슈퍼 히어로나 시리즈 드라마의 주인공에 집착하는 것도 멈춰야 한다. 이것이 자신의 최대 단점이란 걸 예전부터 알고 있었다. 정확히 말하자면, 어머니가 '전혀 도움이 되지 않는다'라는 이유로 연재만화 읽는 것을 금지할 때부터 알고 있었다. 그러다 오늘, 새로운 사실을 발견함으로써 모든 것을 깨닫게 되었다.

새로운 발견은 퉁퉁 부은 경찰관의 얼굴도 아니고, 에이미 보넬의 엄청난 매력도 아니다. 그것은 바로 뉴욕이다. 어딜 가도 보이는 어마어마하게 많은 사람들, 노란 택시…. 이 도시는 열광적인 에너지로 가득 차 있다. 뉴욕의 한복판에서 돌연 깨달았다. 오래전부터, 직장생활을 시작했을 때부터 자신이 '이런저런 척'을 하며 거짓된 삶을 살아왔단 사실을. 그동안 권위를 내세우고, 사람들이 기대한 대로 행동하고, 교감답게(교장 대행이 되고부터는 교장답게) 처신하려 애썼다.

하지만 이건 자신의 진실된 모습이 아니다. 깊숙한 내면에 숨어 있는 본모습은 지금의 프랑수아 플라샤르와는 전혀 다른 존재다.

그래, 솔직히 말해서 자신도 진짜 자기 모습이 뭔지 정확히 모른다. 하지만 교육공무원은 절대 아니다.

그래서 변할 작정이다.

경찰서에 붙잡혀 있을 때 불안하고 난처하고 무서웠지만, 동시에 바쁘게 일하는 사람들을 보면서 감탄했다. 자긍심을 갖고 일하는 경찰서 사람들을 보며, 자신도 그들처럼 되고 싶었다. 그리고 이런 마음을 눈치챘는지 딜링이 말했다.

"교장 선생님은 제복을 입었어야 해요."

아이들 중에서 가장 나이가 어린 딜랑의 의견을 수용하기는 어렵다. 하지만 이 어린 소년이 자기에게 보여 주는 존경심에 늘 감사하고 있다. 그래서 이렇게 대답했다.

"경찰은 아니다, 딜랑. 오히려…."

그 순간 머릿속에 떠오르는 그 말을 차마 내뱉을 수 없었다. 43세의 교육공무원이 바라는 건 정확히 경찰이 아니었다. 스파이, 군인, 의사, 슈퍼 히어로… 그 모든 것이 한꺼번에 되고 싶었다. 배우! 그래, 배우가 되고 싶었다. 이번 일로 깨달은 사실이 바로 이거였다. 호텔 주차장에서 이렌느 선생이 자신에게 소리쳤던 말을 생각하고, 또 생각했다.

"나는 어떻게 사람들이 선생님에게 아이들을 책임지는 일을 맡길 수 있는지 이해되지 않아요!"

그 말이 맞았다. 솔직히 자신은 그 누구도 책임지고 싶은 마음이 없었다. 부모님이 공무원이 되라고 고집했기 때문에, 교감이 되었다. 하지만 학교 일은 전혀 즐겁지 않았다. 대학에 다닐 때 자신이 가장 잘하고 즐거웠던 수업은 연극이었다. 하지만 연극 수업에 대해 아버지는 "시간 낭비하지 마라, 프랑수아."라고 딱 잘라 말했다.

그러나 이젠 끝이다. 지금부터는 꿈을 위해 새로운 삶을 살아가기로 결심했다. 에이미 보넬이 미국에서 성공을 거둔 것처럼 자신에게도 분명 기회가 있을 것이다. 자신은 관찰력과 직관력이 뛰어나고, 머리도 똑똑한 데다 다른 사람의 말을 잘 들어 준다. 무엇보다 연기에 재능이 있다. 15년 가까이 교감다운 모습을 연기하며 살아왔고, 모두가 그렇게 믿었다. 물론 이렌느 선생은 예외다. 몇몇 아이들도⋯. 그렇지만 그건 약간 차원이 다른 문제다.

어쨌든 오늘 밤, 자신의 역할은 경호원이다. 다 같이 블라드와 사이드가 만든 영화가 상영될 국제 청소년 단편영화제 행사에 참석하기로 되어 있다. 어젯밤 호텔방에서 케빈 코스트너가 나오는 〈보디가드〉를 보았다. 그 전에 새뮤얼 잭슨과 이름 모르는 젊은 배우가 나오는 〈킬러의 보디가드〉를 먼저 보았다. 두 영화 모두 아주 좋았다. 욕실 거울 앞에 서서 영화에 나오는 배우들의 몸짓과 표정을 따라 해 보았다. 경찰서에서 본 경찰들의 모습과 아주 비슷했다.

치열한 연습 덕분인지 지하철 안에서도 영화제 행사장에 도착한 뒤에도, 아무도 자신이 지키고 있는 아이들 무리에 감히 다가올 생각을 하지 않았다. 눈에 불을 켜고 주위를 둘러보는 내내 있지도 않은 마이크에 대고 말하는 척하기 위해 손을 귀나 옷깃에 대고 있어야 할지 고민에 빠졌다. 영화에 나온 주인공들은 죄다 그렇게 하던데, 따라 하면 허세로 보이려나?

레드 카펫 주변으로 환호하는 사람들을 경계의 눈초리로 살피며, 이렌느 선생과 아이들을 리무진에서 차례로 내리게 했으면 좋았을 거라고 생각했다. 하지만 다 같이 지하철역에서부터 행사장까지 걸어왔고, 레드 카펫 같은 건 처음부터 없었다.

아이들은 평범하게 무리 지어 호텔 로비로 들어갔다. 거기에 '국제 청소년 단편영화제'라고 적힌 표지판이 있었다. 화살표를 따라 연회장 안으로 들어가자 그곳에는 커다랗고 둥근 테이블이 여러 개 놓여 있었다.

"멋지다!"

블라드와 아이들이 소리쳤다.

열광하는 아이들을 보니 덩달아 기분이 들떴다. 그럼에도 절대 경계를 늦추지 않았다. 아이들을 책임지고 보호하겠다는 결연한 태도로 영화제에 초대된 다른 손님들을 감시했다.

연회장에 들어온 지 얼마 되지 않아 한 미국인 여성이 나무랄 데 없는 미소를 지으며 다가와 그들을 맞았다. 꽤 능숙한 프랑스어로 그들을 지정된 테이블로 안내했고, 영화제가 어떤 식으로 진행되는지도 알려 주었다.

"초청자분들의 연설이 있을 거예요. 그 다음에 식사를 하고, 바로 음악 공연이 이어질 예정입니다. 부디 이 행사가 여러분에게 너무 지루하지 않기를 빌어요."

그러더니 블라드와 사이드 쪽으로 돌아서서 말했다.

"너희들이 만든 영화를 아주 좋아해! 알다시피 우리 영화제에서는 따로 순위를 매기지 않아. 하지만 너희 영화를 본 감독들이 아주 좋아했다는 걸 말해 주고 싶구나."

두 소년의 얼굴이 빨개졌다. 그녀는 안내를 위해 다른 무리에게로 재빨리 사라졌다. 자신의 놀라운 직감으로 볼 때 블라드와 사이드에게 한 말을 스페인어로 똑같이 되풀이하고, 바로 뒤에 이탈리아어로도 말하고 있는 것 같았다.

아이들이 모두 자리에 앉았을 때, 몸집이 큰 한 남자가 이상하고 우스꽝스러운 몸짓으로 그들에게 다가왔다. 그들의 영화를 보고 좋아하게 된 사람이 분명했다.

"Please stand back, sir(선생님, 물러서 주세요)."

23번가 경찰서에서 본 경찰들의 냉정한 표정, 억양, 몸짓을 흉내 냈다. 무슨 뜻인지 정확히는 모르지만, 거의 완벽한 억양으로 그곳에서 들었던 말을 따라 했다. 다가오던 남자가 깜짝 놀라 우뚝 멈춰 섰다. 남자는 포기하지 않고 뭐라고 항의하면서 아이들이 있는 쪽으로 계속 걸어왔다.

"Please stand back, sir(선생님, 물러서 주세요)."

더 큰 목소리로 같은 말을 되풀이했다.

주변에 있던 사람들이 그들을 쳐다보기 시작했다. 남자는 화가 난 듯 얼굴이 벌게져서 한 걸음 뒤로 물러섰다.

"실례합니다. 그런데…"

"Please stand back, sir(선생님, 물러서 주세요)."

경찰이 길거리에서 자신을 체포했을 때처럼 이 짧은 말을 권위 있는 목소리로 단호하게 반복해서 말했다. 그리고 이 말은 통했다. 몸집이 큰 남자는 돌아서더니 황급히 사라졌다.

"지금 이게 무슨 짓이에요?"

이렌느 선생이 다가와 작은 소리로 물었다.

"걱정하지 말아요. 내가 다 알아서 할게요."

최대한 침착하게 대답했다.

이렌느 선생은 묘한 표정으로 잠시 쳐다보다가 마틸드가 의자에 앉는 걸 도와주러 갔다. 별다른 문제가 없는지 연회장을 다시 한번 둘러보았다. 모든 게 잘 돌아가고 있었다. 아무도 더 이상 아이들을 귀찮게 하지 않았다. 꽤 멀리 떨어진 연회장 구석에서 이상하고 우스워 보였던 덩치 큰 남자가 그들을 안내해 주었던 여자와 이야기를 나누고 있었다.

그 남자를 보며 자신의 행동이 효력을 발휘했다는 사실에 뿌듯해하고 있을 때, 딜랑이 다가오더니 손을 꼭 잡았다. 이러면 '경호원'으로서 일을 하는 데 방해가 되지만, 딜랑이 이럴 때마다 마음이 약해진다.

"괜찮니, 딜랑?"

"괜찮아요, 교장 선생님. 선생님은요?"

"아주 좋단다. 여기 와서 행복하니?"

"행복해요. 그런데 교장 선생님은 왜 이렌느 선생님을 사랑하지 않아요? 이유가 뭐예요?"

딜랑의 물음에 어이가 없었다.

"내가 뭘… 뭘 안 한다고?"

"사랑이요. 이렌느 선생님은 선생님을 사랑하거든요."

"뭐라고? 지금 무슨 말을 하는 거니, 딜랑?"

"선생님은 어제 옥상에서 이렌느 선생님이랑 만났어야 했어요. 종이가 날아가 버리는 바람에 선생님과 이렌느 선생님 대신에 어떤 할아버지랑 할머니가 옥상에 있었어요. 이렌느 선생님은 선생님을 쭉 기다렸는데 없어서 슬퍼했어요. 다른 아이들이 나한테 그렇게 설명해 주었어요. 그러니까 전부 사실이에요."

"나는… 나는… 어….

보디가드 역할은 끝났다.

할 말이 떠오르지 않아 붕어처럼 입만 뻐끔거렸다. 이건 대체 무슨 일일까? 이렌느 선생이 그럴 리가, 이렌느 선생이 그렇게 하지 않을 텐데… 이렌느 선생… 이렌느!

맞다! 그래서 이렌느가 그렇게 쌀쌀맞게 굴었던 거다. 필요 이상으로 심하게 화를 낸 것도 그래서일 테고. 로맨틱 코미디 드라마를 봐도 늘 그런 식이다. 〈패션 하이스쿨〉에서도 패티가 잘생긴 조크에게 냉랭하게 군다.

"괜찮아요, 교장 선생님?"

루가 다가와서 물었다. 루의 눈에 진심으로 걱정하는 빛이 역력했다.

"어그그그…."

제대로 말을 할 수 없었다. 갑자기 이렌느에게서 눈을 뗄 수가 없었다. 이렌느는 고개를 숙인 채 마틸드와 이야기를 나누고 있었다. 우아한 원피스를 입고 은은하게 퍼지는 조명 아래에 있는 이렌느는 아름다웠다. 그러고 보니 이렌느는 항상 아이들을 돌보는 자리에 있었다. 이 프로젝트가 성공할 수 있도록, 아이들 모두가 안전하게 여행을 할 수 있도록 도우면서.

어쩌면 이다지도 장님처럼 아무것도 못 봤을까? 작년에 분명히 이런 상상을 했던 적이 있는데도….

사뮤엘 잭슨, 빈 디젤, 더 락은 이제 끝났다. 지금부터는 로맨스 영화가 시작되는 거다. 잭 에프론처럼 나른한 듯 매혹적인 미소를 지으며 이렌느가 있는 쪽으로 걸어갔다. 그러다 갑자기 어떤 생각이 불쑥 떠올라 걸음을 멈췄다.

좀 전에 왔던 그 남자. 블라드와 아이들을 귀찮게 굴려고 했던 이상한 남자. 결국은 쫓아 버리는 데 성공했던 불청객.

왜 그 남자의 프랑스어에 외국인 억양이 전혀 없었을까?

내 인생 최고의 밤

내 인생 최고의 밤이다. 정말이다. 우리들, 그러니까 몸이
뒤틀린 블라드와 일당들이 왕자처럼, 여왕처럼, 왕처럼 초대를
받을 줄은 상상조차 못했던 일이다. 그것도 뉴욕의 한가운데에
서. 블라드와 나는 브로드웨이스럽지 않은 옷차림을 조금이라
도 그럴듯하게 꾸며 보려고 나비넥타이까지 샀다. 청바지와 티
셔츠에 터틀넥 스웨터를 껴입고, 그 위에다 나비넥타이라니 참
멋지기도 하지.

어쨌든 우리는 영광스러운 15분을 보냈다. 우리가 만든 단

편 영화가 상영되고, 사람들의 박수갈채가 쏟아졌다. 프랑스의 영화제처럼 모두가 기립박수를 치진 않았다. 그렇다고 이것에 대해 까다롭게 굴 마음은 없다.

모두의 시선이 우리에게 집중된 가운데 친구들의 얼굴에서 반짝반짝 빛이 났다. 심지어 마틸드의 얼굴마저 보석을 붙인 것처럼 반짝거렸다. 그리고 우리를 모르는 엄청나게 많은 사람들이 우리를 향해 'marvelous(굉장해)!', 'great(대단해)!', 'so good(정말 좋아)!' 따위의 말들을 쏟아냈다.

단연코 우리 인생에 있어 최고의 밤이었다. 그리고 우리만의 모험 이야기의 마지막 장이기도 했다. 뒤틀린 장애인 소년, 소년에게 영감을 주는 뮤즈, 소년의 단짝 친구, 휠체어를 타는 친구, 절대로 떨어질 수 없는 쌍둥이 자매, 세염색체증 소년이 모여 미국 여행의 꿈에 도전하는 모험 이야기 말이다. 누가 보더라도 격한 감동을 불러일으킬 만한 이야기다. 그리고 나는 테아와 제대로 된 데이트를 해 볼 작정이다. 테아는 거의 나와 사랑에 빠지기 직전이다.

연회장에서 영화가 상영되는 동안 테아와 서로 팔이 닿을 정도로 꼭 붙어 있기 위해 노력했다. 용기를 내 테아의 손을 잡고, 엄지손가락으로 테아의 부드러운 손을 만질 수 있는 기회라고 생각했기 때문이다. 계획은 그랬다.

하지만 우리 사이에 샬리가 앉게 되었다. 샬리는 보기만 해도 기분이 좋고 유쾌해지는, 뭐 여러 가지로 좋은 친구이다. 하지만 내 마음을 설레게 하는 사람은 테아다. 내 왼쪽 팔과 맞닿는 사람이 샬리가 아니라 테아여야 했는데… 실패다. 게다가 샬리는 행사 내내 그들만의 비밀 언어로 테아에게 말을 걸었다. 두 사람 곁에 있는 나는 시시하게 프랑스어밖에 못하는 바보가 된 것 같았다.

"스타시오넬로 프리갈륌 파리도바르."

이 말이 무슨 뜻인지 아무도 내게 말해 주지 않았다

"즈데노트 프뤼미티브 알레고로 그망 그마니."

이 말도 통역해 주지 않았다.

"퓌르티브?"

이 말은 '왜?'라는 뜻이다. 테아에게서 기본적인 말을 배워서 비밀 언어를 조금은 안다.

"오늘 밤엔 더 이상 비밀 언어로 말하지 마, 샬리."

"라르 사이드 뮐리 크뤕튀스!"

전혀 모르겠다. 샬리가 뭐라고 말하는지 알고 싶은 마음도 사라졌다.

"그래, 사이드 때문이야. 사이드를 따돌리고 싶지 않아. 네가 그러고 싶더라도 다른 사람을 배려해 봐."

내가 테아를 보고 웃었다. 테아도 나를 보고 웃었다.

샬리는 샐쭉하며 토라졌다. 테아가 샬리에게 자리를 바꾸자고 말했는데, 샬리는 자기 자리가 정말 맘에 든다면서 거절했다. 사람들이 줄줄이 앉아 있는 한가운데에 있는 그 자리가 정말 좋다면서 말이다. 그러자 테아가 일어섰다.

"좋아, 사이드. 우리 나가자."

그러더니 내 손을 잡았다. 내 손을.

테아는 샬리를 무척 짜증 난 표정으로 쏘아보고는, 마치 춤을 추듯 스텝을 밟으며 나를 반대편으로 데리고 갔다. 그렇게 나를 샬리에게서 멀리, 다른 사람들에게서 멀리 데리고 갔다.

나는 스크린에 나오는 영화를 전혀 보지 못했다. 아무것도 못 봤다. 내 두 눈은 스크린에 흘러가는 이미지들을, 계속 이어지는 영화들을, 이야기를 나누는 사람들을 담고 있기는 했다. 그러나 머릿속에 한 가지 생각만 들러붙어 떨어지지 않는 바람에 아무것도 기억나지 않았다.

　내 오른손.

　때로는 주먹을 날리고, 때로는 양파를 썰고, 때로는 베샤멜 소스를 망치고, 때로는 설거지를 하고, 때로는 성적표에 아버지의 사인을 그럴듯하게 그리는 내 오른손을 테아의 손이 꼭 쥐고 있었다. 테아에게 오른손을 맡긴 채로 나는 스크린만 쳐다보았다. 분명 입을 헤 벌리고, 얼빠진 웃음을 짓고 있었을 것이다.

　테아의 체온이 느껴지는 내내 한마디도 하지 않았다. 아무런 생각도 떠오르지 않았다. 심지어는 고개를 돌려 반짝거리는 테아의 얼굴을 보지도 않았다. 나는 그렇게 꼼짝도 하지 않고 얼어붙은 것처럼 서 있었다. 그 순간을 맘껏 음미하면서도, 무슨 일이 일어나고 있는 건지 제대로 이해하느라 가만히 서 있는 것 외에 그 어떤 일도 할 수 없었다.

　사람들이 일어서더니 재빠르게 먹을 것과 마실 것이 산더미처럼 쌓여 있는 곳으로 달려갔을 때야 영화 상영이 모두 끝났다는 사실을 알아차렸다. 그제야 테아가 내 오른손을 놓아 주었고, 나는 세상과 다시 연결되었다.

　"야, 사이드. 테아랑 잘되고 있는 모양인데."

블라드가 나를 툭 치며 말했다. 블라드는 샴페인처럼 보이는 음료수를 양손에 들고 있다가 한 잔을 내게 내밀었다.

"으으음, 그렇지. 나는… 맞아. 그래도 네가 생각하는 대로는, 그렇게 된 거는… 아니, 그럴 리 없어."

블라드가 마구 웃어댔다.

"아, 그래. 그러니까 사랑이 널 이렇게 만들었구나. 안 그래? 이걸 마시면 기분이 좋아질 거야. 좀 마셔 봐. 뭔지는 잘 모르지만 그냥 먹어 보는 거지, 뭐. 그리고 이만 제정신으로 돌아와. 넌 너무 멀리 갔어, 친구."

블라드가 준 걸 마시고 트림을 했다. 음료에서는 맥주와 레모네이드 맛이 동시에 났다. 트림을 하고 나자 약간 정신이 드는 것 같았다. 멀리서 테아와 샬리가 말다툼을 하는 게 보였다. 루는 두 사람 사이에서 싸움을 말리고 있었다.

그 틈을 타 여기저기를 둘러보았다. 나중에 무슨 말이라도 하려면 좀 봐 두어야 했다. 그러다 교장 선생님의 표정이 확 변하는 모습을 보게 되었다. 교장 선생님은 얼이 빠져서 이렌느 선생님만 뚫어져라 쳐다보고 있었다. 선생님의 뺨이 불그스레했다. 이따금 교장 선생님은 딜랑처럼 모든 걸 처음 해보는 사람처럼 군다. 그런 점에서 딜랑과 교장 선생님은 아주 닮았다.

나는 연회장의 이곳저곳을 돌아다녔다. 오늘 밤에 일어나는 일은 사소한 것 하나도 놓치고 싶지 않았다. 발걸음이 가는 데로 걷다 보니 작은 홀에 도착했다. 그곳에서는 기자들이 커다란 의자에 앉아 있는 한 남자에게 질문을 퍼붓고 있었다. 내가 있는 쪽에서는 그 남자의 등만 보였다.

"짜잔, 사이드."

그때 내가 좋아하는 목소리가 들려왔다.

테아다.

테아가 내 곁으로 다가오자 바로 전, 그 느낌이 되살아나기 시작했다.

"누군지 알지? 저 사람 영화를 모두 봤잖아. 그가 지금 우리 앞에 있다니 믿을 수 없어."

"누군데?"

"공드리잖아! 맙소사, 사이드. 기자들이 사진을 찍고 있는 저 남자가 바로 공드리야. 이 영화제의 후원자!"

내가 숭배하는 영화감독 공드리라니. 나는 〈비카인드 리와인드〉를 여섯 번이나 봤다. 〈이터널 선샤인〉도 좋았다. 그리고

〈그린 호넷〉은 정말 끝내주는 영화였다. 공드리 감독이 이 영화제의 후원자라는 얘기는 들었지만, 헛소문인 줄 알았다. 그래서 그가 영화제에 참석하리라고는 전혀 예상치 못했다. 그런데 내 앞에 공드리가 있다. 내 쪽에서는 등밖에 보이지 않지만.

그러다 우리 바로 앞에 앉은 여기자의 질문에 답하려고 공드리가 옆으로 돌아앉았을 때 나는 그를 단박에 알아보았다.

"아까 교장 선생님이 쫓아 버렸던 사람이잖아!"

"뭐라고?"

"선생님이 성가신 파리를 치우듯 쫓아내 버렸어. 부스러기를 쓸어낼 때처럼 손을 막 휘저으면서 말이야."

나는 '공드리'라는 말과 '성가신 파리'라는 말을 여러 번 되풀이했다. 두 단어는 도무지 어울리지 않았다.

그 순간 나는 우리의 대단하신 교장 선생님께서 엄청난 실수를 저질렀다는 것을 깨달았다. 그리고 모든 걸 망쳐버리는 데 특별한 재주가 있는 선생님에게 화가 치밀어 올랐다. 교장 선생님이 멋모르고 한 행동 때문에 우리는 가장 재능 있는 감독들 중 한 사람인 공드리가 우리에게 하고 싶었던 말이 무엇인지 절대로 알 수 없게 되어 버렸다.

이 말을 해 주려고 교장 선생님에게 달려가려는데, 갑자기 손 하나가 내 스웨터 위로 올라와 날 부드럽게 쓰다듬는 것이 느껴졌다. 곧이어 내 어깨에 기대는 머리와 내 턱을 간질이는 머리카락도 느껴졌다. 그 순간 나는 교장 선생님과 공드리, 나의 아메리칸드림 따위를 잊었다. 모든 것이 머릿속에서 사라졌다.

더 이상 어떤 생각도 떠오르지 않았다. 테아는 계속 내 스웨터를 만지작거렸고, 나는 테아가 그러는 게 좋았다.

아직은 열일곱 살

오늘 밤은 확실히 축제 분위기에 젖어 있다. 야호!

연회장에 있는 모든 사람들이 우리를 향해 환호했다. 옆 테이블에 있던 사람들이 우리에게 축하인사를 했고, 우리도 그들에게 감사인사를 건넸다.

정말이지 미국 사람들은 열정 면에서는 따라갈 수 없을 만큼 최고다. 영화 상영이 끝나고 나서 우리는 2톤 반은 너끈히 될 정도의 'fantaaaaastic(환상적이야)!', 3킬로미터는 될 만큼의 'that's really great(정말 대단해)!'와 탱크로리 한 대 분량의

'huge(엄청나)!', 그리고 셀 수 없을 만큼의 '브라보!'를 들었다.

영화를 만든 친구들이 한곳에 모여 있는 자리에서 사람들의 박수 세례를 받는 건 정말 멋진 일이다. 우리도 받은 환호를 돌려주기 위해 슬로베니아의 멋진 단편 애니메이션과 여행용 소형 카메라로 찍은 스페인 영화, 그리고 멋진 영화제와 환상적인 오늘 밤 파티에 환호를 보내고 박수를 쳤다. 모든 게 정말 멋졌다. 정말… 정말… 그 자리에 있는 것이 짜증 나고 모든 게 지긋지긋했다.

엄마 때문이었다. 나이 든 사람들 때문이었다. 블라드 때문이었다. 사람들 때문이었다. 모든 사람들 때문이었다.

사이먼 앤 가펑클이 부른 곡 중에 〈올드 프렌즈 Old Friends〉라는 노래가 있는데, 나이 든 두 친구가 북엔드처럼 벤치에 앉아 있다는 노랫말이 나온다. 이 노래를 들을 때면 늘 아름다운 장면을 상상하곤 했다. 오래된 연인이 공원에서 서로 기대 앉아 있는 모습을 말이다. 그래서 그런지 호텔 복도에서 우리가 이어준 커플과 마주칠 때마다 이 노래가 떠올랐다.

본의 아니게 어쩌다 보니 그렇게 됐지만, 결론만 말하자면 우리가 좋은 일을 했다고 볼 수 있다. 두 사람은 노년의 로미오

와 줄리엣이 되어 꼭 붙어 다닌다. 호텔 레스토랑에서 서로 마주앉아 이야기를 나누며 몇 시간이고 같이 시간을 보낸다. 로비에서도 엘리베이터에서도 길에서도 이야기를 나눈다. 그리고 이야기를 나누지 않을 때는… 으음, 틀니를 뽑아 버릴 기세로 격렬한 키스를 나눈다.

사람들은 사랑이 아름답다고 제멋대로 말할 것이다. 어제까지 서로를 모르던 두 사람이 꼭 붙어 다니는 모습을 보고, 그런 게 사랑이라고 말할 것이다. 물론 마음이 따뜻해지는 모습이기는 하다. 하지만 이런 모습을 보고 있으면 사이먼 앤 가펑클의 노래에 등장하는 연약한 노인들의 모습을 떠올리게 된다.

넌 우리가 몇 년째 벤치에 함께 있는 모습을 상상할 수
있겠니?

70세가 된다는 것은 얼마나 낯선 일인지.

왜 이 노래를 들을 때마다 목이 메는지 모르겠다. 나는 열일곱 살이다. 내가 노인이 되었을 때를 상상하며 나도 모르는 어떤 감정에 사로잡히는 걸까?

블라드는 이런 나를 재미있어 한다. 블라드는 늘 미래 속에 있다. 진짜 미래에 살고 있는 것 같다. 그곳에 이미 집을 사 두었는지도 모른다. 블라드는 항상 미래에 대한 이야기를 한다. 바칼로레아를 보고, 어른이 되고, 다음 영화를 만들고, 우리가 결혼을 하고, 노인이 되는 언젠가를 이야기한다. 결혼 이야기가 나올 때마다 나는 얼굴을 찌푸리지만, 그래봤자 블라드는 큰 소리로 웃을 뿐이다. 블라드는 할아버지의 결혼식 이후로 이런 이야기를 부쩍 많이 한다.

이틀 전부터 나이가 들어도 사랑의 감정은 사라지지 않고, 오히려 불타오를 수 있다는 사실을 두 눈으로 똑똑히 목격하고 있는데도 소용이 없다. 모든 것이 나를 힘들게 한다. 불행히도 블라드와 함께 있는 미래를 상상하면 특히 더 그렇다.

마치 블라드가 내 머릿속에 꽁꽁 숨겨둔 버튼을 누르는 것 같다. 매번, 매일, 농담을 하는 매 순간 너무 자주 버튼을 누르는 바람에 버튼에 불이 붙어 버린 것 같다. 그래서 오히려 내 이마에 일종의 차단기 같은 게 생겼다. 그게 어떤 것인지 잘 알고 있다. 요즘 나는 블라드가 버튼을 누를 것 같은 징후만 보여도 예민하게 반응한다.

이런 징후는 보통 키스로 시작된다. 손을 꼭 잡고 항상 붙어 있고 싶은 마음에서 시작된다. 블라드는 나보다 이런 마음이 훨씬 크고, 나는 계속해서 우리가 단둘이 있게 되는 상황을 조금씩 피하고 있다. 이런 게 정상일까? 연인을 쌀쌀맞게 대하고, 사랑하는 사람과 거리를 두려 하는 게?

그러다가 나는 이 징후가 블라드에 대한 나의 감정과 별개의 문제라는 것을 깨달았다. 문제는 항상 자기의 미래 계획에 나를 끼워 넣는 블라드의 말과 행동에 있었다. 하지만 난 먼 미래를 생각하는 게 싫다. 블라드의 할아버지와 우리가 이어 준 머리가 듬성듬성한 뉴욕의 커플을 떠올리기만 해도 눈물이 터질 것 같다.

난 블라드의 좋은 친구가 되고 싶다. 우울할 때 옆에서 위로해 주는 친구가 되고 싶다. 블라드가 원한다면 그의 뮤즈가 되어도 좋다. 블라드의 영화 속 환상이 되지 못할 이유가 뭐란 말인가. 그렇지만… 나는 더 이상 블라드의 여자친구가 되고 싶지는 않다.

어쨌든 여자친구라는 말은 바보 같다. 남자들에게 친구란 함께 논쟁을 하는 존재다. 반면에 '여자친구'는 남자가 키스를 하는 대상이다. 역겹다. 그래서 '작은 친구(프랑스어로 여자친구를 'petite amie'라고 하는데 여기서 petit는 '작다', '어리다'라는 뜻을 가진 형용사다.-옮긴이)'란 말인가? 나는 작지 않다. 내 키는 블라드와 비슷하다. 피앙세(프랑스어로 약혼녀-옮긴이)라고? 토할 것 같다. 나는 절대로 약혼하지 않을 거고, 결혼도 하지 않을 것이다. 어떻게 사람들이 누군가와 함께 살아가는 삶을 상상할 수 있는지 모르겠다. 내 경험에서 누군가와 함께 사는 삶은 유일하게 부모님과 함께 사는 것이다. 그리고 솔직히 말해서 사랑하는 엄마 아빠라고 해도 될 수 있는 한 떨어져 살았으면 좋겠다.

한마디로 나는 도무지 사랑을 이해할 수 없다. 나는 사랑이 두렵다. 사랑 때문에 내가 종종 무기력해지기 때문이다. 아무래도 이것이 내가 가진 장애인 것 같다. 나는 누군가를 사랑할 수 없다. 상대를 비판하지 않고, 떠나고 싶은 마음이 생기지 않고, 상대를 완전히 받아들이며 영원히 옆에 있어 주기를 바라는, 그런 마음으로 사랑할 수 없다는 말이다.

게다가 정말 부끄럽게도 나는 블라드와 사귀면서 내가 정말로 괜찮은 사람이라고 생각했다. 블라드의 장애를 아무렇지 않게 받아들였기 때문이다. 실제로 나는 그의 지팡이, 뒤틀린 몸, 비틀거리는 걸음 따위에 신경 쓰지 않는다. 하지만… 지금은 이런 것들이 전혀 안 보이는 건 아니다. 그리고 나는, 난…
모르겠다. 더 이상은 못하겠다.

"괜찮니, 루?"

이렌느 선생님이 나를 보고 미소 지었다. 선생님은 우리 모
두에게 항상 똑같은 미소를 지어 보인다. 현명하고 너그러운 미
소를.

"그럼요. 괜찮아요."

딜랑과 교장 선생님은 음식을 차려놓은 테이블 쪽으로 가
고, 다른 친구들은 춤을 추러 나갔다. 마틸드는 춤을 추는 사람
들 사이로 들어가 뒷바퀴로 균형을 잡으면서 휠체어를 빙글빙
글 돌렸다. 아일랜드 사람으로 보이는 키가 큰 다갈색 머리의
남자가 마틸드 주위를 돌았다. 멋진 마틸드! 테아와 사이드는
착 달라붙어 부둥켜안고 있었다. 샬리조차 긴장이 풀어져 편안
해 보였다. 샬리는 우루과이나 멕시코 사람처럼 보이는 젊은 영
화감독과 한창 이야기를 나누고 있었다. 그 감독은 나무와 나뭇
잎을 소재로 한 천재적인 단편 영화를 만들었다.

"정말 괜찮은 거야?"

이렌느 선생님이 다시 물었다. 내 작은 머리와 작은 가슴에

너무 많은 것들이 스쳐 지나가는 것 같다. 나는 한숨을 내쉬고, 씁쓸한 마음을 눌렀다.

"선생님, 그거 아세요? 선생님이 솔로인 건 행운이에요."

내 말에 이렌느 선생님이 고개를 흔들었다.

"나는 솔로라고 말한 적이 없는데."

"네? 하지만 지난번에 제가 물었을 때는 분명히…."

"남자친구 있느냐고 물었던 거? 남자친구는 없어. 대신에 남편이 있지. 난 결혼했어. 알고 싶으면 다 말해 줄게. 내 남편의 이름은 프랑수아즈란다."

"아, 이런 제길!"

"루, 네가 그런 말도 쓸 줄 아니?"

"아니에요. 제길은 실수로 튀어나온 거예요. 죄송해요. 전 그런 줄도 모르고."

"괜찮아, 루. 결혼한 사실을 주변에 알리지 않은 것뿐이지 결혼한 게 비밀은 아니야."

"우리는 그런 줄도 모르고 선생님을 다른 사람하고…."

"나를 교장 선생님과 맺어 주려고 했던 거 말이야? 알고 있었어. 마음만은 고맙다."

숨이 턱 막혔다.

"알고 있었어요?"

"너희가 아주 신중하게 일을 진행한 건 아니었어. 너희를 보며 얼마나 웃었는지 몰라. 어쨌든 덕분에 교장 선생님에게 불평을 늘어놓는 걸 멈추게 됐지. 하지만 교장 선생님은 착각을 한 거 같더라. 5분 전에 나한테 와서는 자기는 에이미 보넬을 사랑하지 않았다는 거야. 거기에 덧붙여 뭔가를 더 말하려 하기에 단호하게 잘랐지. 때로는 결혼했다는 것이 유용할 때가 있단다."

이렌느 선생님은 웃고, 나는 할 말을 잃었다. 선생님에 대해 잘못 알고 있었다는 것과 미래와 존재, 사랑의 의미 사이에서 길을 잃고 어찌할 바를 모른다는 게 부끄러워서였다.

"무슨 일이 있는 거야, 루? 블라드와 무슨 문제가 있니?"

혹시 이렌느 선생님은 사람의 마음을 읽을 수 있는 게 아닐까? 제대로 짚은 셈이다.

"그렇게 보여요?"

"마틸드하고 나눈 얘기도 있고 해서 더 그렇게 보이네."

대단하다. 마틸드의 신중함에 경의를 표한다. 선생님은 계속해서 말했다.

"마틸드가 네 생각을 알아챘다고 기분 나빠 하지는 마. 마틸드가 너랑 얘기를 하면서 좀 걱정스러웠대. 마틸드는 나한테 네가 생각이 많은 것 같다고만 말했어. 그리고 자기가 무슨 말을 해 주어야 할지 모르겠다고 하더라."

나는 아무 말도 하지 않았다. 할 말이 없었다. 할 말이라고는 이제 지긋지긋하다는 것뿐이었다. 피곤했다. 그냥 조용히, 좀 떨어져서 있고 싶었다.

여행은 좋다. 친구들도 정말 좋다. 하지만 이 여행은 친구들이 너무 똘똘 뭉쳐 있다는 것, 너무 의욕적이라는 사실을 새삼 깨닫게 해 주었다. 난 내가 어쩔 수 없이 친절한 루, 사려 깊은 루, 공정한 루, 거기에 대단한 블라드의 애인인 루가 되어야 한다고 느낀다. 마치 이렌느 선생님과 같은 역할을 해야 한다는 의무감마저 든다.

그리고 이러한 의무감이 나를 힘들게 한다. 그리고 그 정도 수준에 이르지 못하는 내가 부끄럽기도 하다. 이렌느 선생님이 내게 티슈를 건넸다.

이런, 내가 울고 있다. 그것도 펑펑 울고 있다. 뉴욕에 홍수가 난 줄 알겠다. 마스카라가 번져서 라쿤으로 분장한 거라고 우겨도 다들 믿을 것 같았다.

나는 울면서 나를 비워냈다. 내 안에 있던 말들을 다 흘려보냈다. 나의 두려움, 의심, 분노를 이렌느 선생님에게 횡설수설 늘어놓았다.

선생님은 나를 연회장 밖으로 데리고 나와 호텔 복도 구석에 놓인 긴 의자에 앉혔다. 나는 이렌느 선생님의 어깨에 얼굴을 파묻었다. 선생님은 아기 다루듯 내 이마를 어루만져 주었다.

아기. 바로 그거다. 나는 갓난아기가 되고 싶었다. 엄마나 아빠, 아니면 이렌느 선생님이 마법 지팡이를 휘둘러서 내 고통을 싹 없애 주기를 바랐다. 그런 다음 나를 토닥여 재워 주고, 다음 날 내가 잠에서 깨어났을 때 모든 게 다 말끔히 정리되어 있기를 바랐다.

"참 복잡하다, 그렇지?"

이렌느 선생님이 한숨을 쉬며 물었다. 나는 고개를 끄덕였다. 선생님이 말을 이었다.

"내가 비밀을 하나 알려 줄까? 사랑이란 건 바로 그런 거야. 조금은 흔들리고 조금은 뒤틀리고…. 깨지지 않으려면 많은 노력을 해야 해. 그리고 사랑한다고 해서 틀린 건지 옳은 건지, 서로 잘 맞는 건지 아닌지는 절대로 알 수 없어."

정말 훌륭한 조언이다. 어른들은 왜 착하지만 실망스러운 말만 해대는 걸까.

울음이 더 거세졌다. 선생님의 블라우스는 대서양 한가운데에서 딱 멈춰 서 버린 범선의 돛처럼 너절너절해졌다.

"루, 너의 일에 참견하고 싶지 않아. 하지만….“

오, 제발 선생님. 이 일만큼은 참견해 줘요. 내가 어떻게 해야 하는지 말해 줘요. 내 대신 결정해 줘요.

"네가 많이 사랑하고, 많이 불안하고, 많이 괴롭다는 걸 알아. 하지만 어쨌든 넌 고작 열일곱 살이야. 그리고 이건 너의 첫사랑이지."

"맞아요!"

내 목소리가 높아졌다. 복도에 있던 여자가 이상하다는 듯 나를 쳐다봤다. 그러든 말든 나는 계속 말했다.

"정확해요. 이건 내 첫사랑이에요. 너무나도 강렬한 첫사랑이죠. 첫사랑이 너무 일찍, 너무 빨리 찾아왔다는 생각이 들어

요. 이 사랑이 지나치게 내 인생의 많은 부분을 차지하고 있어
요. 내가 무기력하고, 차갑고, 이기적이라는 생각이 들게 만들
어요. 게다가 블라드는…"

이렌느 선생님이 끼어들어 말했다.

"엄청난 아이지. 하지만 너도 그만큼 엄청난 아이야. 내 말
을 들어 보렴. 나는 네가 뭘 해야 하고, 어떤 결정을 내려야 하
는지 몰라. 그걸 아는 사람은 너밖에 없어. 하지만 약간의 조언
은 해 줄 수 있어. 블라드와의 관계가 너무 혼란스럽다면, 좀
떨어져서 생각해 보는 게 좋다고 생각해. 너무 서두르지 말고
시간을 두고 생각해 보자고 블라드에게 말하는 거지. 블라드는
너를 좋아해. 너도 블라드를 좋아하고. 너희 둘 다 서로를 좋아
하는 건 확실해. 그러니 블라드는 너의 마음을 이해할 거야."

선생님은 잠시 말을 멈추었다가 이어서 말했다.

"아무렴 남자애가…."

그때까지 울고 있던 나는 그 말에 웃음이 터졌다.

"루! 빨리빨리! 한참 찾았잖아. 다 같이 기념사진을 찍을 거
야. 어서 와!"

행복으로 반짝이던 샬리의 표정이 내 얼굴을 보더니 딱딱

하게 굳었다. 내가 생각했던 것보다 훨씬 더 상태가 안 좋은 게 분명했다. 실제로 3분 뒤에 화장실 거울에 비친 내 얼굴을 보고는 '올해의 좀비상'감이라고 생각했다.

세수로 화장을 깨끗이 지워내고, 샬리와 이렌느 선생님 사이에 둘러싸여 얼굴을 닦았다. 그리곤 크게 한숨을 내쉬었다.

사진을 찍으러 가서 활짝 웃는 거다. 그런 다음 블라드에게 말하는 거야.

자, 이제 무대에 오를 시간이다.

블라드

2분 30초의 위로

영화제가 열렸던 홀 앞에 있는 커다랗고 하얀 계단 위에 털썩 주저앉았다. 한 손에는 더 이상 쓸 일이 없는 나비넥타이가 쥐어져 있고, 다른 손에는 모니크가 들려 있었다. 사이드가 폭탄을 그려 놓은 오늘의 모니크는 내 발이 되어, 좋기도 하고 나쁘기도 한 오늘 하루, 충실한 친구 역할을 톡톡히 했다.

할아버지에게 전화를 하려고 했다가 신혼여행 중이라는 사실을 떠올리고는 엄마에게 전화를 했다. 루와 헤어진 뒤에도 새로운 인생이 펼쳐질 거라는 위로의 말을 듣고 싶었다. 시간은 또 그렇게 흘러가는 거라는 말을 듣고 싶었다. 내가 제일 잘났고, 잘생겼고, 멋지다는 말도 듣고 싶었다. 엄마는 분명 "여자애가 꼭 필요해? 우리 아들이 얼마나 대단한데."라고 말하며 내 편을 들어줄 것이다. 달콤한 간식과 함께 이런 말들이 간절했다. 하지만 시차 때문에 자동응답기에 메시지만 남겼다. 거기다 예쁜 거짓말도 보탰다.

"짠, 나야 엄마. 난 잘 지내고 있어. 우린 모레 돌아갈 거야. 사랑해, 엄마."

사랑한다는 말이 목에서 걸렸다. 다시는 이 말을 루에게 할 수 없을 것이다.

루와 내가 헤어졌다는 것을, 아름다운 우리 사랑이 산산이 부서져 버렸다는 것을 온 세상이 알고 있는 것 같다. 그래, 확실하다. 택시들, 하늘에서 내리는 폭신폭신한 눈송이, 하얗게 덮인 다리, 도시의 불빛, 낮은 하늘, 살을 에는 추위에 몸이 꽁꽁 얼어붙은 부랑자들, 관광객들, 도넛을 파는 주인과 그 앞에 줄을 길게 늘어선 사람들, 길모퉁이에서 오줌을 누는 개까지 다 알고 있다. 우리의 사랑이 끝났다는 것을. 그런데도 지구는 아무 일 없다는 듯 계속 돌고 있고, 이 지구에서 가장 슬픈 남자는 바로 나라는 사실까지도 말이다.

나는 지금 내 모습이 정말 싫다. 사이드에게 다 털어놓고 한탄하고 싶지만, 어젯밤 테아와 첫 키스를 한 사이드에게 이런 슬픈 얘기를 들려주며 귀찮게 하고 싶지 않았다. 하지만 루가 원망스럽다는 말을 누군가에게 꼭 하고 싶었다. 바보 같은 욕지거리를 해 대는 내 말을 들어줄 누군가가 필요했다.

언뜻 우스운 생각이 떠올랐다. 루가 다른 남자를 만나는 건 아닐까, 전 남자친구인 모르강과 다시 사귀는 건 아닐까 하는 생각을 시작으로 점점 말도 안 되는 망상의 소용돌이 속으로 빠져들었다. 언젠가 루가 돌아올 거라는 생각, 나 같은 남자와 헤어지다니 말도 안 된다는 생각….

너 같은 남자? 너 같은 남자가 어떤 남잔데? 불쌍한 블라드, 너 제정신이 아니구나. 장애인이라니…! 너의 솔직한 속마음은 그런 웃기는 이유로 루가 너와 함께 있어야 한다는 거니? 그래서 더 이상 루가 너에게 사랑을 느끼지 못하더라도 자신의 감정을 억누르고, 거짓말을 하면서 널 좋아하는 척해야 한다는 거야? 몸이 뒤틀려 있고 지팡이에 의지해 걷는다는 이유로? 블라드, 그건 한심한 생각이야. 넌 지금 네가 그토록 비난하던 멍청이들하고 똑같은 생각을 하고 있어. 그렇게라도 루가 네 곁에 있기를 바라는 거야? 그런 거야? 이성을 찾아. 결국 동정 받는 존재가 될 뿐이야. 넌 절대로 불쌍한 사람 취급을 받고 싶지 않잖아! 자, 일어서!

나는 큰 소리로 "자, 일어서!"라고 외쳤다. 누군가가 사람들 무리에서 나오더니 제일 높은 계단에 앉아 있는 내 옆에 섰다. 내 옆에 선 사람이 루이기를, 루가 내 어깨를 잡고 "후회하고 있어. 사랑해, 블라드. 내가 정말로 사랑하는 애늙은이."라고 말해 주기를 바랐다. 하지만 아니었다.

교장 선생님이다. 나쁜 카드다.

"왜 그렇게 기가 죽어 있니, 애야?"

선생님의 눈엔 아직도 내가 예전 같이 보이는 모양이다. '애야'라니….

교장 선생님과 나 사이에는 기나긴 사연이 있다. 모든 것은 지난 학기 개학날 교장 선생님이 한 아주 고약한 연설에서부터 시작되었다. 그때 이미 선생님과 한 차례 진지한 대화를 나눈 적이 있다. 교감실에서 불려가 버릇없게 군 것에 대한 대가를 치러야 했다. 그리고 오늘 밤 우리 사이는 그때보다 한 단계

진전이 있을 것 같다.

교장 선생님이 핫초코가 담긴 커다란 잔을 내게 건넸다.

"자, 받아라. 아까부터 생각했거든."

받아 든 잔은 손이 데일 정도로 뜨거웠다.

"손가락에 화상을 입고 싶을 거라고요?"

"아니, 따뜻한 뭔가를 먹고 싶을 거라고 생각했어. 난 불행하다는 느낌이 들 때면 뭔가 마시고 싶거든. 얼음을 넣은 위스키를 주로 마시지만…."

"제가 불행하다는 건 어떻게 아셨어요?"

"이렌느 선생이 무슨 일이 있었는지 말해 줬단다. 너를 찾지 못해서 걱정하고 있어. 내 생각엔 루가 먼저 이렌느 선생에게 말한 것 같더라."

"저도 그렇게 생각했어요. 다들 알고 있는 것 같더라고요."

교장 선생님도 커다란 잔을 입으로 가져가더니 후후 불었다.

"선생님도 핫초코가 필요한 일이 있어요?"

"으음, 오늘 밤에 새롭게 알게 된 사실이 있단다. 하지만 너무 늦었지. 아니면 너무 빨랐든가."

"무슨 말인지 모르겠어요."

"너희끼리 쓰는 말로 하자면 까였다는 거지. 그러니까 제대로 차였어."

난 웃음을 참지 못하고 크게 웃어 버렸다.

"이 일로 네가 즐겁다면…."

교장 선생님은 정말로 슬프고 기분이 상한 것 같았다.

"죄송해요. 선생님 말투가 너무 웃겼어요. 그런데 누구에요? 에이미 보넬이에요?"

"아니다. 절대로 아니야. 아무리 그래도 내가 그 정도로 순진하진 않아."

"그러시겠지요."

"정말이야. 나도 많이 성숙해졌어."

"어제부터요? 잘됐어요. 교장 선생님. 겉보기에는 충분히 성숙해 보여요."

"정말로 나를 놀릴 셈이로구나."

"죄송해요. 하하. 그런데 그 여배우가 아니라면 도대체 누구에요?"

"이렌느 선생이야. 그런데 뭔가 오해가 있었나 봐. 내가 이렌느 선생에게 말했는데, 이렌느 선생은 내 말을 좋게 받아들이지 않았고, 그래서 이렇게 된 거지."

"오늘 밤에는 제대로 된 문장을 말하고 싶지 않으신가 봐요?"

"아니, 더 말하는 건 시간 낭비 같구나. 넌 이미 중요한 걸 다 알고 있어. 나도 피곤하고."

교장 선생님의 말을 끝으로 서로 아무 말도 하지 않았다. 침묵하는 시간이 길어지면서 살짝 어색해졌다. 내가 기침 소리를 내고, 교장 선생님은 무릎 위에 떨어진 눈을 닦아 냈다.

"지금껏 행복은 바로 앞에 있었는데, 난 바보 같이 다른 곳만 바라본 거야. 지금은 너무 늦어 버렸어. 이렌느 선생은 나를 형편없는 남자라고 생각해. 바람둥이에다 도시에서 길이나 잃는 드라마광이라고 생각하지. 난 완전히 망했어."

"저랑 처지가 비슷하네요."

"가슴이 아프구나. 그렇지, 블라드?"

나는 교장 선생님을 슬쩍 쳐다보았다.

"네, 심장에서 피가 흐르는 것 같아요."

그때 교장 선생님이 입에 머금었던 것을 바닥에 뱉었다. 깜짝 놀라서 물었다.

"왜 그러세요? 데었어요?"

"내 핫초코에 와인을 탔거든. 도저히 마실 수 없는 게 되어 버렸네."

"피와 와인이라… 내가 좋아하는 노래가 생각나네요. 발타 자르라는 밴드의 〈블러드 라이크 와인 blood like wine〉이라는 노 래인데, 다음에 만들 영화에서 꼭 쓰고 싶었던 노래예요. 선생 님은 그 노래를 아세요?"

"잘 모른다, 블라디미르. 나는 아주 옛날 음악을 좋아해. 우 리 어머니랑 취향이 비슷하지. 로랑 불지, 프랑수아즈 아르디, 조 다생, 프랑스 갈 같은 오래된 가수들의 음악을 주로 듣는 단다."

"사랑스럽고 예쁜 스타일이요?"

"맞아. 사랑스럽고 예쁜 게 좋아."

다시 대화가 끊겼다. 나는 〈블러드 라이크 와인〉의 멜로디 를 흥얼거렸다.

"루와 정말로 끝났다고 생각하니?"

"루는 이미 마음 정리가 다 끝난 것 같아요. 더 이상 사랑의 감정이 생기지 않는다고 말하더라고요. 저랑은 우정이라고요. 근데 전 루와 친구가 되는 것에는 관심이 없어요. 서로 계속 사랑하기를 바랐어요. 평생 사랑하고 싶었어요. 아마 죽을 때까지도 제 마음은 변하지 않았을 거예요. 그러려고 사랑을 비축해 두었거든요. 하지만 이젠 어떻게 해야 할지 모르겠어요."

"곧 뭘 해야 할지 알게 될 거야. 내가 사랑에 대해 통달한 것도 아니고, 또 네가 내 조언을 원하지 않는다는 것도 알아. 하지만 이것만은 명심해라. 사랑은 다시 돌아올 거다. 너는 다시 사랑에 빠질 거야. 넌 지금 아프고 사랑을 믿지 않겠지만, 모든 건 시간이 해결해 줄 거야. 마음이 조금씩 덜 아프게 되다가 나중에는 전혀 아프지 않게 되는 때가 올 거야."

"와인 탄 핫초코를 먹어 봐도 돼요?"

교장 선생님이 머뭇거렸다.

"블라드, 나는 맨해튼 거리에서 내 우상을 쫓아갔다가 경찰에게 체포되었어. 길을 잃었고, 너희들을 책임져야 하는 의무도 저버렸지. 그러다 사랑도 놓쳐 버렸어. 게다가 오늘 밤은 미셸 공드리를 쫓아 보낸 일로 엄청난 웃음거리가 되었어. 그러니까 열일곱 살 청소년을 취하게 만드는 일은 하지 않으려고 한다.

어떻게 생각하니?"

"그래요. 그 말이 맞네요. 최대한 피해를 줄이기로 해요."

그러고는 둘이서 큰 소리로 웃었다.

기분이 아주 좋아진 것은 아니지만 나는 목구멍에 박혀 있
는 울음이 터뜨리지 않은 채 2분 30초를 흘려보내는 데 성공했
다. 시작이 좋다.

엄마나 사이드가 아니라 친애하는 교장 선생님에게 2분 30
초의 위로를 신세지다니… 친구들이 이 일을 믿어줄까?

영화제가 열렸던 홀 앞의 커다랗고 하얀 계단에 추위에 떨
면서 엉덩이를 대고 앉아 있던 정신 나간 두 남자가 드디어 일
어섰다.

나이 든 남자가 옆에 있는 소년이 떨리는 두 다리로 스스로
일어설 수 있도록 돕는다. 나이 든 남자가 다른 남자의 지팡이
를 주워서 그에게 건넨다. 두 사람은 열렸다 닫혔다 하는 건물
의 문을 향해 천천히 걸어간다. 건물 안에서 한 무리의 사람들
이 그들을 기다리고 있다. 쌍둥이 자매는 바닥에 앉아 있고, 좀
어려 보이는 남자아이는 휠체어에 앉아 있는 여자애의 팔에 얼

굴을 묻고 잠이 들었다. 미소를 띤 30대 여자는 금발머리 여자 애가 외투 입는 것을 도와주고 있다. 그리고 한 남자애가 모두 를 웃게 하려고 애를 쓰면서 단체 사진을 찍고 있다.

교장 선생님과 함께 아이들이 모여 있는 곳으로 갔다. 모두 들 우리가 돌아온 것을 반기며 한 마디씩 했다.

"춥지 않았어?"

"길을 잃어버린 게 아니라면 왜 이렇게 늦었어?"

"딜랑은 잠이 들었어. 얼른 가서 딜랑을 침대에 눕혀야 해."

루는 계속 내 눈길을 피하고 있다. 그러는 루를 보는 내 마 음이 찢어지는 것처럼 아프다.

교장 선생님이 내게 해 주었던 말을 곱씹는다.

루와 헤어진 다음에도 삶이 있다는 말을.

굿바이, 뉴요오크

비행기 날개가 뜨는 순간 내 심장은 엄청나게 빨리 뛰었다. 무서운 가운데도 이곳을 떠나야 한다는 게 너무 슬펐다. 나는 누요오크가 좋다. 곧 다시 오면 좋겠다.

블라드는 지금 슬프다. 루가 서로 뽀뽀하는 사이 말고 친구로 지내자고 했기 때문이다. 블라드가 슬퍼하니까 나도 조금 슬프다. 하지만 어쨌든 두 사람은 계속 친구니까 약간 기쁘기도 하다.

그리고 교장 선생님이 누요오크로 올 때보다 훨씬 더 기분이 좋아 보여서 나도 기분이 좋다. 교장 선생님은 파리로 돌아가면 당장 학교를 그만두고 배우가 되겠다고 말했다. 그래서 연극 수업을 받고 있는 마틸드와 연기에 관해 많은 이야기를 나누었다. 이렌느 선생님은 교장 선생님이 학교 교장으로서 나쁘지는 않았지만, 자기가 좋아하는 일을 하는 것이 훨씬 좋을 거라고 말했다.

그리고 친구들이 나에게 모자 하나를 사 주었다. 모자에는 'I ♥ New York'이라고 쓰여 있었다. '아이에 러브 뉴요크'라고 따라 읽어 보았다. 난 이 모자를 영원히 간직할 것이다. 정말 뉴요크를 좋아하는 데다가 가족 말고는 처음 받아보는 선물이기 때문이다.

미이이국 사람들은 친절하다. 호텔에서, 경찰서에서, 영화제에서 만난 모든 사람들이 친절하게 대해 주었다. 나는 '구웃뜨'라는 말도 새로 알게 되었다. 구웃뜨는 '좋다'는 뜻이다.

내가 슬픈 것은 친구들과 함께하는 여행이 끝났기 때문이다. 친구들은 엄마 아빠가 아닌데도 여행을 하는 내내 나를 챙겨 주었다. 내 머리는 남들과 똑같지 않다. 그런데도 친구들은 나를 보살펴 주고, 다른 친구들과 똑같이 대해 주었다. 나도 다른 사람들처럼 여행할 권리가 있고, 선물을 받고 웃을 권리가 있다는 걸 알게 해 주었다. 사실 나는 슬프지 않다. 내가 눈물이 나는 건 행복해서다.

자유의 여신상이 팔을 펴고 있어서 나도 팔을 쭉 폈다. 그러자 처음에는 블라드가, 다음에는 사이드가, 그 다음에는 루가, 친구들 모두가 나를 따라 했다.

잘 있어라, 미이이국아!

또 다른 시작

프랑스에 도착했다. 밤이라 공항이 컴컴하다. 하지만 평범한 2월의 파리 풍경이다. 따뜻한 햇볕을 쬐려면 봄까지 기다려야 할 것이다. 어두컴컴하고 차가운 밤 풍경 속에 좀비 같은 걸음걸이로 사이드에게 다가갔다. 사이드는 등에 가방 두 개를 메고 카트까지 끌고 있었다. 집으로 귀환하는 우리의 모양새는 썩 보기 좋지는 않았다.

전에 없이 우울한 기분이다. 저 문 밖에서 나를 기다리고 있는 내가 좋아하는 것들을 떠올렸다. 엄마와 엄마의 미소. 분명히 엄마는 우리 집에 크루아상과 따뜻한 코코아를 준비해 두셨을 거다.

긴 기다림 없이 보안검색대를 통과했다.

"프랑스 만세."

사이드가 장난으로 나를 살짝 치면서 속삭였다.

짐 검사가 없어서 모두들 문 쪽으로 걸어갔다. 엄마와 할아버지, 새할머니가 보였다. 낡은 천을 잘라서 만든 플래카드를 들고 서 있었는데, 플래카드에는 '웰컴 홈'이라고 쓰여 있었다. 그 글자를 보니 세 사람을 꼭 끌어안고 싶어졌다.

"오, 우리 손자 맞아? 미국에서 온?"

나는 할아버지에게 찰싹 달라붙었다. 할아버지의 옷에서는 내가 그렇게나 맡고 싶었던 냄새가 났다. 향수와 면도 크림과 양파 수프 냄새가 뒤섞인 냄새, 집 냄새다. 엄마는 내 옆에서 계속 질문을 퍼부었다. 몸은 괜찮은지, 기대했던 만큼 재미있었는지, 기분은 괜찮은지, 뉴욕은 어땠는지, 루는 어땠는지 등 질문이 끊이지 않았다. 나는 친절한 소년의 미소를 띠고 대충이나마 모든 질문에 대답했다. 그것이 세 사람이 기대하는 나의 모습이니까.

루가 우리 곁을 지나가면서 짧은 인사를 건네고, 멀리서 기다리고 있는 자기 엄마 아빠한테로 달려갔다. 루의 손 인사에 나는 가장 효과적인 턱의 움직임으로 인사를 대신했다. 그 모습을 본 사이드가 마른기침을 했다. 엄마와 할아버지가 루와 나에 대해 눈치를 챘는지 어땠는지 알 수 없었다. 두 사람은 루에 대해 아무런 말도 하지 않았다. 그냥 일상적인 질문을 하고, 나도 그 질문에 대답을 할 뿐이다.

"자, 돌아갈까? 자동차 안에서 그동안 있었던 일을 이야기해 줄 거지? 집에 가서 저녁을 먹자."

엄마가 기쁜 표정으로 말했다.

"사이드, 네 엄마와 통화를 했어. 저녁 식사에 너희 가족을 초대했단다."

"정말이요? 엄마한테 하고 싶은 이야기가 정말 많아요."

신이 난 사이드 옆으로 쌍둥이들이 지나갔다. 테아가 사이드를 돌아보자 두 사람은 서로에게 손 키스를 마구 날려 댔다. 예쁘다.

이렌느 선생님과 교장 선생님은 카페 앞에 줄을 서고 있다. 좀 정신이 없었던 이번 여행에 대해 이야기를 나누며 마무리를 할 모양이다. 이렌느 선생님이 내게 윙크를 하는데, 그게 무슨 의미인지 잘 모르겠다.

딜랑은 자기 엄마 아빠에게 달려가 어리광을 피우고 있고, 아버지가 밀어 주는 휠체어에 앉은 마틸드는 손을 흔들어 우리에게 인사를 했다. 그러고선 입 모양으로 몇 마디를 했다.

"뭐라는 거야?"

사이드가 나에게 물었다.

"전혀 모르겠어. '월요일에 보자, 모든 게 잘 될 거야' 뭐 이런 말이 아닐까?"

인사를 나누고, 헤어지고, 공항을 떠나는 사람들이 늘어가는 중에 메시지 알림 소리가 세 번이나 울렸다. 사이드도 들었는지, '혹시 루가 보낸 거야?' 하고 묻는 표정으로 나를 쳐다봤다.

그랬으면 좋겠다. 루가 '우리 다시 만날까?'라고 적어 보낸 거면 정말 좋을 텐데. 그럼 난 하트를 마구 날리며 답장을 보내겠지. 그러면 모든 게 해피엔딩인데….

나는 모니크를 내려놓고, 휴대폰을 열어 메시지를 읽었다.

안녕, 블라디미르.

이렌느 선생님을 통해서 번호를 받았다. 그날 밤에 너와 이야기를 나눌 기회가 없었지만 나는 네 작업을 아주 높게 평가하고 있다. 곧 프랑스로 돌아갈 예정인데, 너와 너의 친구 사이드를 만나 영화에 대해 이야기를 나눴으면 한다.

너희들의 보디가드에게 쫓겨난 미셸 공드리가.

미국에 다녀온 뒤에도 삶은 계속 된다.

그리고 그 삶은 지금 막 시작되었다.

삐딱하거나 멋지거나 두 번째 이야기 통합교육반 친구들의 뉴욕 대소동

지은이 세브린 비달, 마뉘 코스 옮긴이 김현아
펴낸이 곽미순 책임편집 박미화 디자인 김민서

펴낸곳 한울림스페셜 기획 이미혜 편집 윤도경 윤소라 이은파 박미화
디자인 김민서 이순영 마케팅 공태훈 옥정연 제작·관리 김영석
주소 서울시 영등포구 당산로54길 11 래미안당산1차아파트 상가 3층
대표전화 02-2635-1400 팩스 02-2635-1415
등록 2008년 2월 23일(제318-2008-00016호)
홈페이지 www.inbumo.com 블로그 blog.naver.com/hanulimkids
페이스북 www.facebook.com/hanulim 인스타그램 www.instagram.com/hanulimkids

첫판 1쇄 펴낸날 2019년 12월 20일
ISBN 978-89-93143-80-5 43860

이 도서의 국립중앙도서관 출판예정도서목록(CIP)은 서지정보유통지원시스템 홈페이지
(http://seoji.nl.go.kr)와 국가자료공동목록시스템(http://www.nl.go.kr/kolisnet)에서
이용하실 수 있습니다.(CIP제어번호 : CIP2019049568)